커피를 쏟다 。

커피를 쏟다。

초판 1쇄 인쇄 2019년 11월 5일
초판 1쇄 발행 2019년 11월 15일

지은이	고만재
발행인	임충배
홍보/마케팅	양경자
편집	여수빈, 조은영
디자인	정은진
펴낸곳	마들렌
제작	(주)피앤엠123

출판신고 2014년 4월 3일
등록번호 제406-2014-000035호

경기도 파주시 산남로 183-25
TEL 031-946-3196 / FAX 031-946-3171
홈페이지 www.pub365.co.kr

ISBN 979-11-90101-17-2 (03810)

이 도서의 국립중앙도서관 출판예정도서목록 (CIP)은 서지정보유통지원시스템 홈페이지
(http://seoji.nl.go.kr)와 국가자료공동목록시스템 (http://kolis-net.nl.go.kr)에서 이용하실
수 있습니다. (CIP제어번호: CIP2019041453)

산행은 자리에 머물지 않고 공기 중에 떠돈다

커피를 쏟다.

고민재

프롤로그

나를 키운 인연들

어려서부터 사람 냄새가 좋았다. 무슨 일을 하든 어디를 가든 사람 냄새를 따라다녔다. 사람에게 고약한 냄새가 나면 잘하던 일도 그만두었고 향기가 나면 힘들어도 꿋꿋이 버텼다. 이 책에 그 향기를 담아 지친 이들에게 작은 위로가 되고 싶었다. 그러기 위해 필력보다 지구력이 필요했고 손끝이 아닌 발끝으로 써야 했다.

여러 인연이 이 책 곳곳에 등장한다. 인연은 옷깃을 스친 사람이기도 하고 감동적인 책이기도 하고 잊히지 않는 장면이기도 하다. 나를 키운 인연들을 소개하며 이제 50, 본격적인 작가로서 첫발을 뗀다. 네 번째 책이자 첫 에세이집의 문을 조심스레 연다.

목차

1장

이름 모를 그대에게 ··· 13
동대문 시장의 추억 ··· 20
강력한 1분 영상 ··· 25

2장

33 ··· 커피를 쏟다
39 ··· 훌륭한 버스 기사님
42 ··· 폐지 줍는 할머니의 콧노래
47 ··· 사랑해!
53 ··· 어디 가세요?

3장

과일 아저씨 ⋯ 61

하마 쌀국수 ⋯ 67

여러분 그동안 감사했습니다 ⋯ 73

4장

79 ⋯ **아빠**

91 ⋯ **엄마와 아들, 단둘이 여행!**

102 ⋯ **엄마 나이는 있어도 여자 나이는 없다**

104 ⋯ **어린 숙모**

목차

5장

두 건의 접촉 사고 … 115
지하철 단편 영화 … 124
스타벅스 생일 쿠폰 … 135

6장

143 … 개는 도무지 거짓이 없다
153 … 똥 먹는 개 노리

7장

진정한 고수 … 163
수녀님과 우산 비닐 … 167

8장
내 매니저 … 173
정 팀장 … 182
삼인행필유아사 … 191
이상교님 … 198

9장
205 … 고마운 S선생
211 … 혜림씨 3대
218 … 종헌아

10장
단골이란? … 231
사이좋음 … 239
너무 재미없어요. 너무! … 243
나무의 사계 … 249

커
피
를
쏜
다

1장_

이름 모를 그대에게

동대문 시장의 추억

강력한 1분 영상

이름 모를
그대에게

그대여 당신의 이름을 모르오. 아무리 머리를 굴려봐도 당최 생각이 나질 않소. 부끄럽고 미안하오.

몇 달 전 이야기다. 잠시 시간이 남아서 점심 약속을 잡아 지인과 만났다. 목요일로 기억한다. 뭘 먹을까 살피며 푸드코트를 어슬렁댈 때였다. 쌀국수 식당 앞 벤치에 앉아 있던 아리따운 여성이 벌떡 정말 순식간에 일어나 구십 도로 인사를 했다. 찰나의 순간 머릿속이 복잡해졌다. 인사하는 순발력과 각도로 봐서 학교에서 가르치던 선수 출신 제자인가? 그렇다면 기억 못 할 리 없다. 그들과는 동고동락하며 몇 년씩 한솥밥을 먹었으니 말이다. 그럼 체육관? 체육관은 워낙 많은 사람들이 들락거려 다 기억하기 힘들지. 아니면 출판사 사람인가? 잠시 회상하는 틈을 뚫고

"저 문화센터 제자예요."

라는 외침이 들렸다. 그때야 그녀가 씩씩하게 운동하던 모습과 복싱과 주짓수를 배웠다고 했던 기억이 났다. 그녀 옆에는 예쁜 아이가 타고 있는 유모차가 있었다.

"아이랑 같이 왔나 봐요."
"네. 점심 드시러 오셨어요?"
"줄 서 있는 거 보니까 맛집인가 봐요. 맛나게 들어요."

쌀국수를 먹으려고 갔지만 서둘러 대화를 마치고 자리를 옮긴 이유는 그녀의 이름! 이름 때문이었다. 대화를 나누는 동안 아무리 머리를 쥐어짜도 이름이 기억나지 않았다.

눈치를 살피며 핸드폰에 저장된 이름을 이리저리 살펴봤지만 허사였다. 보통 이름 뒤에 특이사항을 적어 놓는데 그마저 찾을 수 없었다. 핸드폰에 저장된 이름이 너무 많

다는 사실을 그때 깨달았다. 그 후 몇 달이 흘렀지만, 지금까지 제자를 기억 못 하는 선생이 되어 버렸다.

"누구냐. 넌?"

그리 박력 있고 예의 바른 제자를 기억 못 하다니… 분명 배울 당시 직장 동료와 같이 나왔고 결혼은 했으나 아이는 없다고 했다. 딱 여기에서 기억이 멈춘다. 혹시 주고받은 문자라도 있지 않을까 하고 카톡을 다 뒤져봤지만 허사였다.

제자여… 이 글을 혹시 읽는다면 이름을 알려주기 바라오. 못난 선생이 몇 달째 애타게 찾고 있소.

신기한 일이다. 위의 글을 블로그에 올린 후 제자의 이름이 갑자기 생각났다. 아무리 쥐어짜도 생각이 안 나더니 글을 쓰고 나서야 생각이 났다. 문자를 했더니 바로 답이 왔다. 너무 반가워서 벌떡 일어나서 인사를 했다고 했다.

그녀의 이름은 성진이다. 블로그의 글을 읽었다며 참 따뜻하다고 했다. 분명 선생보다 나은 제자다.

첫 제자인 원상이가 미국으로 출국하기 전 강남 교보문

고에 함께 들러 몇 권의 책을 사서 선물했다. 그 중 〈데일 카네기의 인간관계론〉이 있었다.

"원상아. 늘 그랬듯 인사 잘하고 뭐든 긍정적으로 생각해라. 아울러 만나는 사람의 이름을 꼭 기억해라. 그게 이 책의 핵심이자 내가 해주고 싶은 말이다. 알았지?"

허세를 부리며 원상이에게 떠들었지만 정작 제자의 이름도 기억 못 하는 선생이 누구냐?

회기동 경희대학교 앞에서 인사를 하는 제자가 있었다.

"어… 어. 그래…."

당황하는 내게

"안녕하세요. 관장님. 저 정근이에요."

라고 순발력 있게 알려주는 제자 덕분에 난처한 상황을 모면할 수 있었다.

분명 정근이는 보았다. 초점 잃고 방황하는 선생의 눈빛을… 그 일뿐만이 아니었다. 시내 한복판, 점심시간에 우르르 몰려나오는 인파 중에 인사하는 직장인이 있었다.

"어? 안녕하세요."

'아. 그대는 누구인가?' 머뭇대는 나를 보며 운동 포즈를 취하더니

"지난주 저희 회사에 오셔서 강연…"

가만 보니 그 회사의 교육 담당자였고 한참 대화를 나누고 명함도 전해준 사람이다.

"하하하. 안녕하세요. 고맙습니다." 라고 겸연쩍게 웃으면서도 끝내 이름은 기억나지 않았다. 퇴근해서 명함을 찾아보고 나서야 기억이 났다.

가장 결정적인 사건은 내가 사는 아파트에서 벌어졌다.

"저…. 태권도 관장님 맞으시죠."

태권도장을 그만둔 지 오래됐지만 관장이던 건 맞았다.

"아. 네."

"그렇죠. 딱 알아봤네요. 지난주에 처음 뵙고 망설이다 오늘 다시 뵙고 확신이 들었어요. 저 승훈이 아빱니다."

어쩜 좋으냐…

승훈이라는 이름을 들었는데도 기억이 안 난다. 내 눈빛이 흔들렸지만, 승훈이 아빠는 아랑곳하지 않고 추억을 더듬는다.

"승훈이 예뻐해 주셨잖아요. 아 맞다. 승훈이라 그러면 기

억 못 하시려나. 개명했거든요. 그때는 승철이었을 거예요."

아. 어쩌냐. 승훈이도 승철이도 기억이 안 난다. 그저 그 아빠의 얼굴이 낯익다.

"이 아파트에 경비원으로 왔어요. 은퇴하고 새 출발하는 거죠."

"네. 반갑습니다. 승훈이도 잘 지내죠?"

"작년에 대학 졸업하고 취직했어요. 관장님 봤다고 하면 좋아할 거예요."

그 뒤로도 기억나지 않는 승훈이의 아빠와 3년 가까운 시간을 알은체하며 지냈다.

다른 곳에 더 좋은 조건으로 가게 됐다며

"덕분에 잘 지내다 갑니다. 승훈이랑 같이 한 번 봬요."
라는 인사를 하고 떠난 게 2년 전이다. 다 합쳐 5년이라는 세월이 흐르도록 승훈이 혹은 승철이는 베일 속의 가려진 존재로 남았다. 사진이라도 보여달라고 솔직히 말할 걸 그랬나. 얼굴을 보고도 몰라보진 않았겠지…

때로는 하루에도 수십 명이 넘는 사람과 새로이 인사를

주고받는다. 그 이름을 다 기억할 순 없지만, 누군가 서운할까 두려워 혼잣말로 이름을 외워본다. 운동 수업에 참여하는 사람에게도 나이 불문하고 이름을 부른다. 회원님, 누구 엄마, 무슨 과장 따위보다 경숙 씨, 광수 씨로 부른다.

한 대학교에서 교수들을 가르칠 때도 교수님이라는 호칭 대신 이름을 불렀다. 혹시 권위 의식이 있어 싫어할까 걱정했지만 모두 얼마 만의 이름이냐고 첫사랑이 생각난다며 즐거워했다.

제자 이름도 까먹는다고 자책하자

"무슨 말씀을요. 일일이 이름 다 불러주시잖아요. 새로 온 사람까지."

라고 격려해준 사람도 있었다.

지금보다 더 이름을 깜박할 일이 늘어나면 늘어났지 줄어들진 않을 것이다.

그대여. 혹 초점 잃고 방황하는 내 눈빛을 본다면 서운해 말고 그대의 이름을 먼저 알려주오. 그 놀라운 친절에 다시는 결단코 그대의 이름을 잊어버리지 않을 것이오. 내 이름은 한 번 들으면 까먹지 않을 것이오.

만재. 고만재요.

동대문 시장의
추억

첫 여자친구나 다름없던 J는 동대문 제일 평화 시장을
자주 찾았다. 30년 전의 일이니까 기억이 가물거릴 만도
한데, 그녀와 함께 입었던 처음이자 마지막인 커플티가 아
직도 선명하다. 아무런 무늬 없는 파란색 폴로셔츠였다.

그 커플티를 입고 이니셜을 새긴 순금 커플 반지를 끼고
그녀가 좋아하던 켄터키 프라이드치킨(KFC)을 먹으러 다
녔다. 남들은 닭 다리를 뜯을 때 그녀는 퍽퍽한 가슴살을
좋아했다.

요즘은 사람들이 몸을 만든다고 닭가슴살을 찾지만, 당
시는 닭 다리의 시대였다. 물론 그녀는 운동을 좋아하거나

잘하지도 못했다. 충돌이 잦았던 그녀와 순금 커플 반지를 한강에 던지며 헤어졌다.

●

그 뒤로 오랜 기간 만난 H는 대학 졸업 후에 동대문에서 옷 장사를 했다. H의 언니가 그곳에서 먼저 터를 잡고 있어서 그랬을 것이다. 타인을 항상 챙겨주고 배려하던 사람이다. 그중에서도 최우선 순위가 나였고 늘 사람들 앞에서 내세울 것 없는 남자친구 자랑을 했다. 그 덕분인지 당시 기죽지 않고 살았다.

H가 장사하는 동안 동대문을 자주 찾았다. 내 잘못으로 그녀와 헤어졌다.

결혼한 뒤 10년쯤 지났을 때 불현듯 낯선 번호로 전화가 왔다. 전부터 알고 지내던 H의 친구였다.

"잠깐만. 누가 찾아. 바꿔줄게."

H였다.

"잘 지내? 한번 보고 싶다."

늘 그녀에게 미안한 마음을 안고 살았다.

"그래. 연락해."

그 뒤로 그녀를 그녀의 후배와 함께 몇 번 만났다. 지나 간 추억과 살아가는 소소한 이야기를 나누었다.

"너 같은 사람이 없더라."라는 말.

"똑똑하잖아."라는 칭찬.

"잘 될 거야."라는 격려.

사람은 변하지 않는다. 좋은 사람이 나쁜 사람이 될 확률 은 거의 없다. 누군가 갑자기 나쁜 사람이 됐다면 그건 착 각이다. 그는 원래 나쁜 사람이었던 거다. 가면을 쓰고 있 었거나 잠시 숨을 죽이고 있던 것뿐. 돈 벌고 변했다는 말 을 흔히 하는 데 그게 바로 대표적인 경우다. 원래 나쁜 사 람이 숨죽이고 있던 거지. 사람 좋은 H의 건강이 나빠진 것 같아 한마디 하려다 말았다. 내가 뭐라고…

며칠 전에 동대문에 다녀왔다. 특별한 일이 아니면 일부 러 찾지 않는데 오늘은 특별한 일 없이 다녀왔다. 동대문 종합 시장에 들어서면 영화를 빠르게 감아 보는 것처럼 모 든 것들이 바깥세상보다 1.5배 빠르게 움직인다.

지게에 원단을 한가득 채우고 이동하는 아저씨, 발걸음

바쁜 택배 청년, 장부를 정리하는 도매상, 물건을 고르는 소매상, 음식을 머리에 이고 배달하는 사람 등등 모두가 정신없이 움직인다. 삶이 무료할 때, 목표 없이 방황할 때, 지치고 힘들 때면 가까운 시장을 찾는다.

경동시장, 동대문 종합시장, 남대문 시장을 거닐다 보면 언제 그랬냐는 듯 우울함은 사라지고 발걸음은 경쾌한 아첼레란도가 된다.

최근 납작 엎드린 기분으로 살았다. 몸은 지치고 맘은 고됐다. 지난 몇 년간 열정을 엉뚱한 곳에 쏟으며 분주하고 의미 있게 잘살고 있다고 착각했다. 정작 소중하고 아까운 것들을 놓치며 본질을 흐려왔다.

따뜻한 한마디, 소박한 밥상, 평화로운 일상보다 한 칸 높은 성공과 그에 따른 몇 푼과 타인의 인정을 받으려 했다. 매일 저녁 시간을 반납하고 지난 과거보다 나은 삶을 살기 위해 발버둥 쳤지만, 결과는 탐탁지 않았다. 이유가 뭘까? 만족하지 못했기 때문이다. 원대한 목표나 근사한 꿈이 있는 것도 아니면서 결과에 인색했다.

감사할 줄 모른 거다. 작은 일에 만족할 줄 모르는 삶은 늘 가난하다. 돈이 있으나 없으나 늘 가난하다. 사람이 곁에 있어도 고마운 줄 모르고 떠나도 슬퍼할 줄 모른다. 마음이 궁핍하기 때문이다.

마음이 궁핍할 때 동대문에 가라.

지게꾼 아저씨의 허리를 보고 음식 배달부의 손놀림도 보고 퀵 오토바이의 엔진 소리를 듣고 에누리에 방긋 웃는 소매상의 미소와 하나라도 더 팔려는 사장님의 됨을 보라. 상념이 사라진다. 아침에 먹은 밥 한 끼가 고맙고 쓸데없는 소비가 부끄럽다.

동대문에 얽힌 추억은 지금도 진행 중이다. 지난 인연 모두 평화롭길 바란다.

특별히 H.

강력한
1분 영상

짧은 영상을 하나 보았다. 1분도 채 안 되는 영상이었다.
당산역에서 벌어진 일이다.

두 명의 경찰관이 소리를 지르며 저항하는 40대 후반의
남성을 제압하려는 장면이었다. 남성은 뭔가 억울하다는
듯이 어딘가를 향해 손가락질하며 중얼거리는데 그 모습
이 마치 술에 취한 듯 보였다.

두 경찰관과 40대 후반의 남성이 옥신각신하는 곳에서
살짝 오른쪽으로 의자에 앉아 있는 세 사람과 서서 구경하
는 두 사람이 보였다. 앉아 있는 세 사람 중 화면 중앙에

있는 남성은 양복을 잘 갖춰 입은 채 꼬고 앉은 다리를 달 달 떨면서 강 건너 불구경하듯 관객 모드에 있었고 그 옆 의 중년 여성은 핸드폰을 보느라 정신이 없었다. 가장 오 른쪽 의자에 앉은 늘어진 티셔츠를 입은 청년은 세 사람이 실랑이하는 모습을 예의주시하며 보고 있었다.

그 외에도 서서 구경하는 두 사람과 스쳐 지나가는 사람 들이 잠깐씩 영상에 잡혔다. 두 경찰관이 계속 힘을 썼지 만, 막무가내인 남성을 막상 제압하지는 못하는 상황이 이 어졌다. 그때였다. 늘어진 티셔츠의 청년이 갑자기 일어나 더니 세 사람이 실랑이하는 사이로 파고들면서 40대 후반 의 남성 앞에 섰다.

내 예상은 이랬다. 청년이 경찰관을 도와주든지 아니면 업어치기 한 판을 하려는 건가?

허허. 살다가 이리 예상이 빗나가고 그 빗나간 예상이 이 처럼 감동적이고 흐뭇한 건 처음이다.

그 늘어진 티셔츠의 청년은 40대 후반의 남성을 꼭 끌 어안아 주며 벽 쪽으로 데리고 갔다. 그다음이 더 명장면 이다. 청년에게 안긴 남성이 놀랍게 진정되는 순간 청년은

경찰들을 향해 저리 가라는 손짓을 했다. 그 손짓의 의미
는 이러했다.

'당신들의 해결 방식은 잘못됐어. 이 사람은 제압의 대
상이 아니라 보호가 필요한 사람이야. 나한테 맡기고 그만
가 봐.'

영상에 나온 사람 중 가장 어려 보이는 늘어진 티셔츠의
청년이 그중 가장 어른다운 행동을 보인 것이다.

뒤통수를 '쿵'하고 맞은 느낌이 들었다.

아! 무엇보다 강력한 건 사랑이구나. 외롭고 슬프고 억
울하고 답답한 사람에게 가장 필요한 건 누군가의 따뜻한
가슴이구나. 겉모습으로 판단하지 말자. 선입견을 품지 말
자. 보이는 게 다가 아니다. 이런 교훈을 되새기고 뭉클한
마음을 나누고자 지인 몇 사람에게 영상을 보냈다.

그중 한 사람에게 바로 연락이 왔다.

"꼭 선생님을 보는 것 같아요."

"저요?"

무슨 소리인지 갸우뚱하는 내게 예전에 블로그에서 읽
었다는 지하철 에피소드를 상기시켰다. 오래 전 글을 찾아
아래에 그대로 붙인다.

"쿵 쿵"

지하철을 타고 퇴근을 하는 길이었다. 사람이 꽉 들어선
1호선 열차에서 술에 취한 아저씨가 머리를 지하철 문을
향해 부딪히는 소리였다. 출입문의 작은 유리창을 향해 머
리를 날리고 있었다.

다시 "쿵 쿵"

아저씨의 동작이 커지면서 소리 역시 커졌다. 처음에는
그러다 말겠지 했는데 계속 유리창을 깨려고 시도했다. 주
변은 공포 분위기가 조성되었다. 가냘파 보이는 한 남학생
이 용기를 내어 아저씨의 뒤에서 옷자락을 당기며 말리기
시작했다.

사람 심리가 말리면 더하나 보다. 특히 싸움이나 주정은
더 그렇다. 누군가 말리기 시작하자 아예 작정하고 몸의 반
동까지 이용해서 유리창을 향해 머리를 던지기 시작했다.
사람들이 경악을 금치 못하고 여성들은 비명을 질렀다.

내가 나서야 할 것 같았다. 유리를 막아선 뒤 아저씨를

쳐다보며 조용히 말했다. 이상하게 박치기를 당할 것이 두렵지 않았다.

"아저씨. 차라리 저를 받으세요. 그러다 다쳐요. 이제 그만하세요."

사람들이 놀라면서 나를 쳐다보았다. 아저씨는 박치기 대신 내 가슴에 머리를 살짝 대더니 고개를 숙인 채 내 손을 꼭 잡으면서 말했다.

"고마워요. 고마워."

예상외의 반응이었다.

그렇다. 단지 맘 약한 소시민이 술김에 작은 관심을 받고 싶었나 보다. 물론 술을 먹고 한 행동은 잘못되었지만, 마음이 짠했다. 가는 내내 내 손을 꼭 잡고 고맙다는 말씀을 했다. 옆에 앉아 있던 아주머니가 아저씨에게 자리를 양보하며 앉으라고 했지만, 아저씨는 거들떠보지도 않고 내 손을 잡고 서 있었다.

"어디까지 가세요?"
나보다 한 정거장 더 가셔서 먼저 내리면서 말씀드렸다.

"전 여기서 내립니다. 조심히 가세요. 이제 그러시면 안 돼요."

"네네. 그럼요. 아이고 고마워요."

지하철은 우리의 인생과 많이 닮았다. 누군가는 구르고 때로는 머리가 깨진다. 그때 필요한 건 작은 관심과 사랑이다. 길을 걸을 때만이라도 잠시 핸드폰을 내려놓고 주위를 둘러보며 가슴을 움켜쥐거나 울고 있는 사람은 없는지 살펴보는 건 어떨까?

2015년 2월, 내게도 선량한 마음과 용기가 있다는 생각이 든다. 나뿐 아니라 누구나 그럴 것이다. 따뜻한 1분짜리 영상 하나로 많은 것을 느끼는 하루다.

청년! 내게도 그런 때가 있었다오. 고마우이.

2장

커피를 쏟다

훌륭한 버스 기사님

폐지 줍는 할머니의 콧노래

사랑해!

어디 가세요?

커피를
쏟다

에구구. 커피를 쏟았다.

그것도 노트북 자판에 흠뻑 쏟았다.

카페에 똬리를 틀고 노트북을 열어 자판을 두드리는 순간이었다. 머그잔을 '툭'하고 건드리자마자 머릿속이 복잡해졌다.

이상한 일이다. 순발력 좋기로 소문난 운동신경을 갖고 살아왔는데 뭔가 쏟는다든지 어디에 부딪힌다든지 하는 실수를 할 때면 순발력은 고사하고 멍 때리기 5초, 실실 웃음 5초가 지나고 나서야 분주해진다. 긴박한 상황에 무려 10초의 공백이 생기는 거다.

10초면 우사인 볼트가 100m를 달릴 수 있는 시간 아닌가. 전원을 끄고 노트북을 뒤집은 뒤 가방에 있던 티슈와 카페 화장실에 비치된 페이퍼 타월을 동원해서 일단 물기를 닦았다. 핸드폰 검색을 통해 근처에 있는 애플 AS센터를 찾아냈다. 빨빨대고 찾아갔더니 이런! 핸드폰만 수리한단다.

알려준 곳으로 다시 출동! 강의 시간이 얼마 안 남았다. 불나게 달려갔다.

"우선 며칠 말리고 나서 다시 작동 시켜 봐야 해요. 비용이 많이 나올 수 있어요."
"알겠습니다. 잘 치료해주세요."

'그래. 살릴 수만 있다면 뭐든지 하마.'

지금 이 글을 쓰고 있는 노트북이 바로 그때 그 녀석이다.
커피를 흠뻑 뒤집어쓰고도 무사히 살아나 이 책을 함께하고 있는 것이다. 커피를 쏟고 나니 몇 년 전 사건이 떠올랐다.

지하철을 탔다. 밝은 하늘색 코트를 입고 예쁜 가방을 든 20대 여성이 내 옆에 앉았다.

한 손에는 스마트폰, 다른 한 손엔 라테를 들고 타더니 (지금은 대중교통에서 개봉된 음료를 들고 타는 게 안되지만, 당시엔 흔히 볼 수 있었다) 옆자리에 앉아 계속 스마트폰을 만지작댔다. 독서를 하면서도 내심 신경이 쓰였다.

두 정거장쯤 지나고 묘한 기분이 들어 옆을 쳐다보는 순간 아뿔싸! 갑자기 라테가 내 쪽으로 기우는 게 아닌가. 피하기는 늦었다. 하필이면 그날 입고 있던 베이지색 면바지와 함께 그녀의 하늘색 코트와 가방이 라테로 물들기 시작했다. 재빠르게 일어나 일단 바지를 털고 가방을 뒤졌다. 가방에 있던 물티슈와 휴지 그리고 손수건과 생수까지 긴급 투입됐다. 휴지를 던져주자 당황한 그녀가 좌석부터 닦는 게 아닌가?

"그건 내가 할 테니 코트부터 닦아요. 빨리."

좌석을 닦고 바지를 털고 그녀의 가방까지 처리하는데 불과 1분도 안 걸렸다. 그날따라 순발력 상승이다. 다행히 응급조치하고 나니 생각보다 큰 흔적이 안 남았다.

이래서 뭐든지 골든타임이 중요한 거다.

"죄송해요. 너무 죄송해요. 바지가…."
"하하하. 괜찮아요. 커피가 아깝네요."

어디서 보고 배운 건 있어서 멋진 척하며 아량을 베풀었다. 어디서 보고 배웠을까? 불현듯 명동에서 벌어졌던 일이 생각났다.

10년 전 일이다. 명동역 바로 근처에 있는 5층 건물 전체를 쓰던 스타벅스였다. 명동을 좋아하던 친구가 코스타리카로 이민을 가기 전에 스타벅스에서 만났다. 사람이 워낙 많은 곳이라 줄을 서서 주문한 뒤 캐러멜 마키아토를 받아 들고 이리저리 앉을 자리를 찾아 헤맬 때였다.

5층까지 자리가 없어 다시 4층으로 내려가다가 계단에

서 그만 발을 헛디뎠다. 그 바람에 4층 문 앞에 서 있던 두 여학생에게 손에 들었던 캐러멜 마키아토를 몽땅 쏟았다.

이런! 어쩌나 하며 생각할 때 전혀 예상치 못한 반응이 나왔다.

"호호호. 야. 바지 좀 봐."
"히히히. 너도 신발."

미안해서 어쩔 줄 모르는 데 두 여학생이 깔깔대며 웃었다. 그 모습을 보고 친구도 따라 웃었다. 휴지를 가져와서 닦는 와중에도 웃음은 멈추지 않았다.

"호호호. 괜찮아요. 제가 할게요."
이런 천사 같으니라고!!

고꾸라질뻔한 내 모습이 우스워서 그랬는지 모르겠지만 곱게 차려입은 바지와 신발에 얼룩이 생겼는데도 웃어넘길 수 있는 여유를 갖다니…

미안하면서도 학생들의 낙천적인 성격이 내심 부러웠다. 인상을 찌푸리며 세탁비를 달라고 해도 할 말이 없었을 텐데…

다 쏟은 캐러멜 마키아토는 다행히 리필을 받았다.

"계단에서 다 쏟았걸랑요."

잔뜩 불쌍한 표정으로 직원에게 이야기하자

"금방 다시 해드릴게요."

라는 상냥한 답이 돌아왔다.

선행은 자기 자리에 머물지 않고 공기 중에 떠돈다.

예기치 않은 일이 생기면 심호흡 크게 하고 헤헤 웃으면
그뿐이다.

훌륭한
버스 기사님

대중교통을 이용하다 보면 다양한 경험을 한다. 퇴근하는 길 버스에서 생긴 일이다.

청량리역에서 버스를 갈아타서 빈자리에 막 앉는데 버스 기사님이 갑자기 승객석으로 걸어오시더니 세 번째 좌석에 앉아 조는 아저씨에게 말을 걸었다.

"손님. 손님!"

아저씨가 술에 취한 건지 피곤한 건지 잘 못 일어난다.

다시 살짝 흔들어 깨운다.

"여기 청량리역입니다. 어디까지 가세요."

"어어어. 신답. 신답……"

"알겠습니다. 더 주무세요. 신답에서 깨워드릴게요.".

어라 잘 못 본 건가. 이게 어찌 된 영문인가?

개인 자가용도 아니고 버스 승객이 존다고 흔들어 깨워 주고 목적지에 도착해서 알려 주겠다니…

이런 따뜻함이 있나! 뭉클… 뭉클…

기사님의 얼굴을 찍어서 만방에 알리고 싶었지만, 열심히 운전하시는 분 방해될까 봐 뒷문 위에 부착된 버스 운전기사 증명서를 대신 찍어서 간직하고 있다.

지친 밤 미소가 번지게 해준 기사님을 향해 큰 소리로

"고맙습니다. 수고하세요."

라고 인사를 드리며 목적지에서 내렸다.

1227 번 버스였다.

존경하는 마음을 담아 글을 올린다. 몇 년이 흘렀지만 잊히지 않는 대중교통 역사상 최고의 명장면 중 하나다. 훌륭한 버스 기사님 같은 분이 계셔서 세상은 아직 살만하다. 좀 더 분발해야겠다.

폐지 줍는 할머니의
콧노래

누군가는 간헐적 단식을 하지만 난 간헐적 착한 일을 한다. 봉사나 기부 같은 거창한 건 아니고 그저 길을 걷다가, 버스를 타다가, 카페에 있다가 스치는 인연에 착한 일을 할 때가 있다.

캣 맘처럼 정기적으로 길고양이를 돌보는 것도 아니고 주말마다 유기견 센터에 나가 봉사를 하는 것도 아니고 독지가가 되어 양로원이나 보육원에 쌀을 보내는 것도 아니다. 골목에서 울고 있는 새끼 고양이를 위해 근처 동물 병원에서 고양이 전용 캔을 사다 줄 정도의 마음은 갖고 있으나 단지 간헐적인 것이다.

몇 년 전에 있었던 일이다.

강남에서 강의를 마치고 약수동으로 가는 버스를 탔다. 퇴근 시간이라 무척 길이 막혔다. 사람들은 지친 모습이 역력했고 나 역시 차라리 지하철을 탈 걸하며 흔들리는 버스에서 멀미에 시달리고 있었다. 더 이상 버티기 힘들어 약속 장소보다 한 정거장 먼저 내려 걷기로 했다. 버스에서 내려 걸어가는 데 한 노파가 낑낑대며 자신의 키보다 높이 쌓은 폐지를 잔뜩 실은 리어카를 끌고 가고 있었다. 그때 왜 그랬는지는 나도 모른다. 간헐적인 시기가 된 것뿐이다.

"이리 주세요. 제가 좀 도와드릴게요."

모든 일에는 기술이 필요하다. 어릴 적 공사판에서 아르바이트할 때 힘만 믿고 일당을 좀 더 준다는 말에 솔깃해서 벽돌을 짊어지고 계단을 오르내리는 일에 자원했다가 2

층을 오르며 벽돌을 와르르 쏟아 현장 소장한테 욕을 먹은 적이 있다. 왜소해 보이는 아저씨들이 거뜬히 하는 일을 당시 운동으로 단련된 몸으로 이겨내지 못했다. 어린 나이에 깨달았다. 잘할 때까지는 다 어려운 것이라는 것! 쉬워 보이는 모든 일이 결코 쉬운 일은 아니라는 것! 세상에 쉬운 일이 어디 있겠나!

리어카는 무거웠고 길은 언덕이었다. 뒤에서 노파가 밀어주지 않았다면 자빠졌거나 포기했을 것이다. 이리저리 용을 써가며 간신히 노파가 말한 목적지에 다다랐다. 그곳은 막다른 골목이었다. 허름한 골목 끝자락에 폐지가 산더미처럼 쌓여있었다. 궁금해졌다.

'저 폐지는 며칠을 모은 걸까? 값은 얼마나 될까?'

손수레를 멈추자 노파가 말했다.

"정말 고마워요. 덕분에 잘 왔어요."

"아니요. 별말씀을요."

약속 시간이 좀 남아서 그랬는지 모르지만, 편의점이 눈에 띄었다. 뭘 살까 고르다가 온장고에 보관된 따뜻한 두유 하나와 초코파이 한 상자를 사서 다시 노파가 있는 곳으로 갔다. 골목에 들어서서 노파를 바라본 순간 잠시 숨이 멎었다. 노파는 산더미 같은 폐지 위에 누워 석양을 바라보며 콧노래를 흥얼거리고 있었다. 그 콧노래가 오래도록 잊히지 않는다.

"할머니. 이거 좀 드세요."

노파의 망중한을 방해하기 싫었지만, 주전부리를 건네고 돌아섰다.
"아이고. 오늘 무슨 날이래! 같이 먹고 가요."
라는 노파를 뒤로하고 나오며 만감이 교차했다.
'뭐야. 콧노래라니.'
만나는 사람 중에 부자도 많고 힘깨나 쓴다는 사람도 있지만, 콧노래를 흥얼대는 사람이 있었던가…
불쌍히 여길 건 노파가 아니었다.

'돈이 많아도 웃지 못하는 사람'

'더 가지려고 싸우는 사람'
'움켜쥐고 나누지 못하는 사람'

불쌍한 사람은 따로 있었다. 만날 때마다 인상을 쓰며 신세 한탄을 하는 불쌍한 부자가 떠올랐다.

가장 이해 안 되는 부류가 자신보다 가난한 사람 앞에서 돈 없다고 칭얼대는 사람이다.

물론 폐지 줍는 사람이 다 콧노래 흥얼대는 거 아니고 부자라고 다 인상 쓰는 거 아니다. 모든 건 마음 먹기 달렸다고 말하려는 거다. 노파의 콧노래에 큰 깨달음을 얻었다. 작은 일에 만족 못 하는 사람은 죽을 때까지 투덜대고 작은 일에 만족하는 사람은 언제나 흥얼댄다.

'투덜댈 거냐'
'흥얼댈 거냐'

선택은 각자의 몫이다.

사랑해!

사랑해!

문득 사랑한다는 한마디를 듣고 마음이 싱숭생숭해져서 걷는 내내 타임머신을 타고 과거로 회귀했다.

따뜻한 5월의 어린이날이었다. 오전 6시쯤 눈을 떠서 20분쯤 영어 회화 오디오를 듣고 간단한 스트레칭 이후 물 한 잔 마시고 세수를 했다.

자! 즐거운 아침 식사를 준비해볼까?

하루 식사 중 제일 좋아하는 아침 식사다. 늦은 밤 출출해지면 아침 일찍 일어나서 먹을 생각을 하며 뇌를 달랜다.

아침을 정성껏 차려 먹고 음악을 들으며 설거지를 한 뒤 옷을 주섬주섬 걸치고 산책을 하기 위해 집을 나섰다. 엘리베이터를 타고 내려가는 데 11층에서 문이 열렸다.

어린 여자아이가 엘리베이터를 타고 그 뒤에서 할머니가 손녀를 향해 사랑한다는 말을 건넸다.

아이는 "네~"라고 대답했다.

자주 보는 이들이다. 할머니가 매일 손녀의 손을 잡고 다니는데 그 모습이 예뻐서 이야기를 몇 번 나눈 적이 있다.

"안녕하세요. 어디 가시나 봐요."

"아이 학교에 데려다주려고요. 아가. 아저씨한테 인사해야지."

그때마다 "안녕하세요."하며 방긋 인사를 잘하는 아이와 세련되고 기품 있어 보이는 할머니의 모습이 보기 좋았다.

엘리베이터 문이 닫히고 아이와 이야기를 나눴다.

"좋겠다. 할머니가 많이 사랑하나 보다."

"네~"

"할머니랑 같이 사는 거니?"

"네~"

"할머니 말 잘 들……"

엘리베이터가 1층에 도착해서 더 이상 이야기를 나눌 수 없었고 아이는 1층에서 차를 주차한 채 트렁크를 열어 놓고 기다리는 남자와 반갑게 마주했다. 처음 보는 얼굴인데 아이의 아빠인 모양이다. 어린이날이라고 할머니와 사는 아이를 데리고 어디로 놀러 가려나 보다. 아이와 밝게 인사하며 헤어지자 아이의 아빠가 아이에게 조용히 묻는다.

"누구야?"

아이가 뭐라고 할까? 위에 사는 아저씨? 아니면 몰라?

30분쯤 걸으며 산책을 하는 동안 할머니와 손녀의 모습이 계속 떠올랐다.

손녀를 사랑하는 할머니와 할머니를 의지하는 손녀. 문득 돌아가신 외할머니가 생각난다. 외할머니의 사랑을 듬뿍 받았던 어린 시절이 가끔 그립다.

11층의 할머니 못지않게 세련되고 기품 있던 할머니와 그 품을 파고들던 어린 나. 동화를 읽어주고 천자문과 구구단을 가르쳐주던 할머니의 교육법은 단순했다. 잘하면 잘한다 하고 못하면 가만히 기다려주는 것! 단 한 번도 꾸지람하지 않고 공부의 재미를 알게 해 준 할머니 덕분에 잠깐이나마 천재 소리를 듣기도 했다.

어느 날 큰 외삼촌에게 전화가 왔다.

"할머니가 찾는다. 꼭 연락하라고."

큰외삼촌에게 직접 전화가 온 건 처음일 거다. 할머니가 많이 아프시다는 소식이었다. 손주가 쓴 책을 보고 기뻐하시고 몇 푼 되지도 않는 용돈을 드리면 가슴에 품고 좋아하시던 풍채 좋던 할머니가 많이 야위셨다.

손을 꼭 잡으시며 이런저런 이야기를 하시는데

"아가. 너를 가르칠 때가 좋은 시절이었구나. 얼마나 영리하던지."

그날이 할머니 생전의 마지막 날이었다. 떠나시기 전까지 칭찬만 해주시던 할머니! 더 이상 할머니를 뵐 수 없음이 안타깝다.

나도 모르게 엘리베이터에서 만난 아이가 부러웠나 보다.

"사랑해!"

11층 할머니의 손녀를 향한 다정한 한마디에 가슴이 요동쳤다. 얼마나 좋은가… 세상에 부러울 게 뭔가…

다음에 11층 할머니를 만나면 가까운 곳에서 차 한 잔 대접하고 싶다.

산책하다 민들레 홀씨를 만났다. '민들레 홀씨' 이름 자체가 외롭다. 이 험한 세상에 지금까지 무사히 살아온 것만으로 대견한 일이다. 나나 당신이나 칭찬받아 마땅하다. 잘 살아줘서 고맙다고 토닥여주자!

사랑해 라고 말해줄 할머니는 안 계시지만 스스로 사랑
해 라고 속삭이자!
  그걸 못해서 여태 힘들었다.

  박미경의 〈민들레 홀씨 되어〉 가사를 옮긴다. 젊은 친구
들은 잘 모르는 곡이지만 이곡을 듣고 따라 부르던 내 젊
은 시절이 있었다.

  달빛 부서지는 강둑에 홀로 앉아 있네
  소리 없이 흐르는
  저 강물을 바라보며 가슴을 에이며
  밀려오는 그리움 그리움
  우리는 들길에 홀로 핀 이름 모를 꽃을 보면서
  외로운 맘을 나누며 손에 손을 잡고 걸었지
  산등성이의 해 질 녘은
  너무나 아름다웠었지
  그 님의 두 눈 속에는 눈물이 가득 고였지
  어느새 내 마음
  민들레 홀씨 되어 강바람 타고 훨훨 네 곁으로 간다

어디 가세요?

이쯤 되면 교통 공사 직원이나 다를 바 없다. 교통 공사에서 객원 기자로 채용해도 된다. 매일 대중교통을 이용하고 리포트까지 작성하니 말이다. 더군다나 교통 공사로 합병되기 전 서울 메트로에서 3년 넘게 강연을 했다. 강연후 아직까지 연락을 주고받는 역장님도 있다. 지하철 에피소드 시작한다.

강의장이 있는 김포공항을 가려면 서울역에서 환승해야

한다. 그리하여 매주 두 번 서울역에 간다. 지하철 1호선에서 내려 공항철도로 환승하기 위해 계단에 올랐다. 막 계단에 올라서서 두 걸음쯤 내딛는데 누가 확 다가오는 것 같아 몸을 뒤로 빼며 움츠렸다. 자세히 보니 60살 정도 된 아저씨다. 말을 거는데 술에 취했는지 더듬댄다. 강의 시간이 촉박해서 그냥 지나치려다 갑자기 쎄한 느낌이 들어 걸음을 멈췄다. 걸음을 멈추니 아저씨가 내 어깨에 손을 댄다. 이러면 살짝 피하거나 팔을 꺾는데 눈빛을 보니 그럴 상대가 아니다. 겨룰 상대가 아니라 도울 대상으로 파악됐다.

"아저씨 왜요?"
"으어으!" "뭐라고요?"

술 냄새가 약하게 나는 것 같아서 물었다.
"아저씨. 술 취했어요?"
팔을 마구 휘저으며
"으어어어."라고 소리치는 모습을 보고 나서야 아저씨에게 장애가 있음을 파악했다.

내 눈빛을 읽었는지 아저씨의 행동이 더 격렬해졌다. 가슴을 치며 손을 휘젓고 뭐라고 하는데 알아들을 수가 없다.

"아저씨 어디 가시나요. 길을 잃었어요?"
"으 딴"
"어디라고요?"
"으 딴"
"오산요?"

고개를 절레절레 흔든다. 말을 잘 못 하는 아저씨다. 술에 취한 게 아니라 장애가 있구나.
"아저씨. 여기 제 손바닥에 써 보세요."
손바닥에 길게 쓴 단어는 오산이 아닌 부산이었다.
"아, 부산 가신다고요? 여긴 지하철역이에요. 아저씨 혹시 핸드폰 있으세요?"

아저씨는 다행히 말을 알아들었다. 지갑을 얼굴에 들이밀며 보여주는 데 지갑이 꽤 두툼하다. 현찰과 함께 여러 카드가 보인다. 아저씨가 보여주려는 건 다름 아닌 복지 카드였다. 언어 장애 복지 카드다. 자꾸만 카드를 보여준다.
"이제 알겠어요. 안심하세요."

아저씨가 그때부터 눈물과 콧물을 흘리신다. 가방을 뒤졌는데 휴지가 없다. 손수건밖에 없었는데 선물 받은 거다. 이런 일에 쓰면 선물한 사람도 좋아하겠지.

"왜 울어요. 괜찮아요. 눈물부터 닦으세요."
아저씨가 전해 준 핸드폰은 2G 폴더폰이다. 그때 마침 '임자'라고 쓰인 벨이 울렸다.

"여보세요. 왜 전화했어?"
중년 여성의 목소리다.
"안녕하세요. 지금 옆에 아저씨가 서울역에서 헤매고 계신데 가족 되시나요? 혹시 부인되세요?"
"네. 맞아요."
"댁이 부산인 가요."
"네. 네."
"그럼 아저씨가 혼자 내려가실 수 있나요? 서울엔 언제 오신 거죠?"
"오늘 아침에 올라갔어요. 혼자 잘 다녀요."
"그럼 기차역만 가면 부산 가실 수 있는 거죠? 네. 그렇게 하겠습니다."

"고맙습니다."

"잠시만요. 아저씨 성함이 어떻게 되죠? 혹시 몰라서요."

"김**요."

"네. 맞네요. 부산에 도착하면 혼자 집에 가실 수 있죠?"

"네."

어렵게 통화를 끝냈다. 부산 사투리와 조선족 억양이 반쯤 섞인 목소리를 가진 여성이었다.

아저씨는 다시 복지 카드를 꺼내 보이며 주머니에서 꼬깃꼬깃하게 접힌 오늘 아침 승차 티켓도 보여준다. 분명 오늘 오전에 부산에서 출발해서 서울로 온 게 맞았다.

"부산 혼자 가실 수 있죠? 이제 울지 마세요. 길 알려 드릴게요."

주위를 살폈다. 개찰구 밖에서 70대의 어른이 빨간 조끼를 입고 안내를 하고 계셨다.

"선생님. 잠시만요. 이분이 기차로 부산을 가셔야 하는데 조금만 도와주시겠어요."

알겠다며 나오라고 손짓을 하신다. 어라? 지하철 표가 없다. 아저씨가 어떻게 들어오셨을까? 표를 분실한 걸까?

다행히 빨간 조끼를 입은 어른이 끝자리로 불러내더니

비상 카드를 대주신다.

"선생님, 부탁드려요. 제가 일이 늦어서요. 부산입니다. 부산. 아저씨, 저분 따라가세요. 조심히 가세요."

아저씨가 경쾌하게 따라가더니 빨간 조끼 어른께 복지 카드를 또 꺼내 보인다.

통화했던 전화번호를 메모했다가 잘 도착했는지 확인해 볼 걸 하는 생각이 헤어지고 나서야 들었다. 잘 가셨겠지?

아저씨 입장에서 대변하자면 나도 몇 번이나 길을 잃은 곳이 서울역이다.

길치의 마음은 길치가 안다. 이심전심. 다른 말로 공감!

그곳은 1호선과 4호선이 만나고 기차역과 공항철도가 있으며 근처 버스 환승 센터까지 겹치는 곳이라 갈 때마다 정신이 없다. 한참 헤매다 다시 제자리로 돌아와 혼잣말로 '나 바보야?'라고 중얼댄 적도 있다.

그렇게 험한 곳에서 얼마나 정신이 없고, 당황했으면 눈물까지 흘리셨을까?

아저씨의 눈물과 콧물이 서러워 코끝이 찡해진다.

자꾸 눈물이 많아진다.

3장

과일 아저씨

하마 쌀국수

여러분 그동안 감사했습니다

과일
아저씨

청량리 홍릉에서 경희대로 가는 지름길 골목이 있다. 골목길 산책을 즐기다 발견한 곳인데 멀지 않은 곳에 자주 이용하는 도서관이 있고 골목을 벗어나면 특색 있는 작은 카페들이 여럿 있다.

이 골목은 아직 개발되지 않은 탓인지 작은 집들과 구멍가게 그리고 기분 좋은 냄새를 풍기는 허름한 세탁소가 있다. 그 세탁소 앞 자그마한 마당 한쪽에는 50대 후반으로 보이는 아저씨가 과일을 팔고 있다. 앞마당을 공짜로 내어주고 전기까지 끌어 쓰게 하는 맘 좋은 세탁소 아저씨가

"저 양반 장사가 잘돼야 나도 좋더라고."

라고 웃으며 말을 한다. 얼굴값 하는 건 잘 모르겠지만 인상값 하는 건 확실하다. 인상 좋은 사람들은 사람 냄새를 풀풀 풍기며 선한 일을 즐긴다.

아저씨가 파는 과일의 상태가 딱히 좋아 보이지는 않았지만, 내 상태나 과일 상태나 별반 다름이 없기에 연민을 느끼며 가끔 이용하곤 했다.

과일이나 고구마, 양파 따위의 먹거리를 살 때마다 아저씨는 거스름돈을 더 내어줬다. 6천 원어치를 사고 만 원을 내면 5천 원을 거슬러 주는 것이다.

"아저씨! 이러다 손해 봐요."

셈이 빠르지 못한 아저씨의 실수를 볼 때마다 걱정 섞인 잔소리를 늘어놔도 사람 좋은 미소만 지을 뿐이다.

하루는 할머니와 실랑이를 하는 아저씨를 발견했다.

"만 원 다 받아."

"아니요. 안 돼요."

"받으라니까."

두 사람이 손을 밀쳐가며 돈 때문에 싸우고 있었는데 보통의 경우 덜 주고 더 받으려 하지 않나? 하지만 여긴 상황이 달랐다.

"아니. 왜 자꾸 거슬러 줘. 만 원 다 받으라니까."

아저씨는 천 원짜리 세 장을 할머니 손에 자꾸 쥐여줬다. 결국 할머니가 양보해서 천 원짜리 두 장만 받고 8천 원에 합의를 봤다. 계산을 마치고 돌아서서 과일을 담은 봉투를 들고 가던 할머니가 씩씩대며 다시 돌아와 말했다.

"아니. 이건 또 뭐야?"

할머니가 펼친 봉투에는 멸치가 들어있었다. 아저씨는 과일 말고도 가끔 견과류나 건어물 등을 팔기도 했는데 그중 멸치 한 봉지를 덤으로 넣어준 거다. 옆에 서서 구경하던 나랑 눈이 마주친 할머니가 웃었다. 이심전심. 둘 다 아는 거다. 아저씨가 어떤 사람인지…
"어휴. 내가 못 살아."
결국 할머니가 지고 돌아섰다. 그때야 아저씨가 날 보고 묻는다.

"뭐 드릴까요?"

그냥 지나치던 길이었다는 말을 못 하고 주머니를 뒤졌다. 꼴랑 3천 원.

"사과 3천 원어치 될까요?"

큰 사과 몇 개를 봉투에 담아주면서

"다음에 더 많이 드릴게요."

라는 말을 듣는 순간 간지러운 온기가 온몸에 퍼졌다.

아저씨를 마지막으로 본 건 작년 봄이었다.

그날도 아저씨를 보기 위해 부러 돌아갔다. 딸기가 괜찮아 보여 한 팩을 손에 들고 물었다.

"얼마예요?"

"4,000원이요."

주머니를 뒤지는 데 이런! 한 푼도 없다. 점점 돈 한 푼 없이 카드만 핸드폰 케이스에 넣고 다니는 일이 흔해진다.

"아저씨, 다음에 사야겠어요. 죄송해요. 돈이 없네요."

1초의 망설임도 없이

"돈은 나중에 주고 먼저 가져가요."라는 아저씨!

아니, 언제 봤다고 외상을 주나! 안 되겠다.

"잠시만요."

막 뛰어가 근처 ATM기를 찾았다. 돈을 찾은 뒤 편의점에 들러 초콜릿 몇 개와 두유를 사서 아저씨에게 건넸다. 4,000원과 주전부리를 받은 아저씨가 고맙다며 천 원을 빼주길래 도망치듯 빠져나오며 고개를 돌려 뒤를 봤다. 주전부리를 들고 세탁소로 들어가는 아저씨! 그게 얼마나 된다고 혼자 안 드시고 나눠 드시려나 보다. 콩 한 쪽도 나눠 먹는 사람이 있긴 있구나.

이상하게 눈이 벌게졌다.

40도에 육박하던 여름 내내 아저씨가 보이지 않았다. 너무 더워 쉬시나 보다 짐작을 하면서도 허리에 보호대를 하고 리어카를 힘들게 끄시던 모습과 거의 다 빠져버린 이가 오버랩되며 가슴 한쪽이 아렸다. 무덥던 여름이 다 지나고 가을이 오도록 아저씨가 보이지 않길래 세탁소 문을 열고 들어갔다. 세탁소 아저씨는 안 보이고 아주머니가 계셨다.

"안녕하세요. 과일 아저씨가 한참 안 보여서요?"

"안 나오신 지 꽤 됐어요."

"그건 알고 있어요. 무슨 일 있으신가요?"

"앞으로 안 나오실 건가 봐요. 몸이 안 좋으세요."

"어디가 아프신데요?"

"그것까진 잘 모르겠어요."

에고… 아저씨랑 막걸리 한잔하려 했는데… 밥 한 끼 나누고 싶었는데…

따뜻했던 골목이 갑자기 쓸쓸한 골목이 되었다. 한두 번 아저씨를 위해 기도한 적이 있다. 아저씨가 부자가 되게 해달라고 기도하진 않았다. 이미 부자라 생각했기 때문이다. 정작 가난한 건 수억을 갖고도 모자라 평생 바둥대며 타인의 몫까지 탐내는 사람들이니까… 기도는 고작 과일 다 팔고 빈 리어카로 돌아가게 해달라는 거였다.

내 마음속 영웅인 과일 아저씨가 건강하시길…

하마
쌀국수

골목 산책을 하다 작은 쌀국수집을 발견했다. 마침 출출한 참이라 한 그릇 먹었는데 오잉! 맛있다. 주인장은 무뚝뚝해 보인다. 테이블은 따로 없고 주방을 둘러싼 기역자 형태의 바로 되어있다. 10명 정도면 꽉 찰 규모다. 곳곳에 하마 모형의 액세서리와 그림이 있다.

첫날의 좋은 기억을 품고 두 번째는 동료와 함께 방문했다. 첫날 먹은 쌀국수는 동료가 시키고 난 비빔 쌀국수를 주문했다. 오잉! 더 맛나다. 딱 내 취향이다. 일단 고기가 푸짐하고 맛이 깔끔하다. 두 번 다 주인장이 바로 앞 주방에서 재료를 다듬고 있었는데 잘게 찢는 양지의 상태가 좋아 보인다. 계속 끓이고 있는 육수의 향도 좋다.

반면에 자주 가는 카페 어귀에 국밥집이 하나 있는데 그 집을 지나칠 때마다 역한 냄새가 난다. 집에서 푹 끓이는 사골 냄새는 고소하지만 그 국밥집 사골 우리는 냄새 앞에서는 숨을 참거나 뛰어 지나친다. 재료에 따라 향이 달라지는 거다.

쌀국수집의 육수 향과 김에서 뿜어져 나오는 온기는 쌀쌀한 날에 더 빛을 발한다. 깔끔한 육수와 풍성한 고기에 더해 반찬으로 나오는 양파 절임과 청양고추의 칼칼함이 맛을 뽐낸다. 동남아 현지는 물론 서울에서도 내로라하는 쌀국수집을 섭렵했지만 내 입맛에는 이곳이 최고다. 전형적인 동남아 쌀국수는 아니지만 매력 넘친다. 짜죠도 있는데 그 역시 괜찮다.

쌀국수 한 그릇 뚝딱하고 글을 쓴다. 쌀국수의 여운이 가시기 전에 글을 쓰는 거다.

하마 쌀국수는 첫 방문 이후 2년째 한 주에 한 번꼴로 찾아가 먹는 단골집이다. 방송에 나와야 맛집으로 인정받는 안타까운 현실 속에 점점 단골이라 할 수 있는 식당들이 사라져 간다. 방송에 나온 식당은 줄을 서고 그렇지 못한 식당은 문을 닫는다. 양극화 현상은 음식점도 마찬가지다. 음식이라 할 수도 없는 걸 내놓으면서도 방송 덕에 잘되는 집이 있지만 좋은 재료에 정성을 다한 집이 홍보 부족으로 1년을 채 버티지 못하고 문을 닫기도 한다.

좋은 재료를 쓰는 이탈리아 식당이 있는데 늘 손님이 없다가 얼마 전부터 문 열기도 전에 사람들이 길게 줄을 섰다.

"이 집이 어쩐 일이야?"

"지난주에 TV에 나왔잖아."

이런 경우는 하느님이 보우하사 기사회생의 운이 온 거다. 방송을 탄 뒤 초심을 잃거나 들이닥치는 손님을 감당하기 힘든 경우는 오히려 방송이 독이 된다.

자주 찾던 작은 일식집이 방송을 탄 뒤 엉망이 되었다. 그곳은 단골들이 모여 주인장과 두런두런 이야기를 나누며 신선한 해산물을 안주 삼아 술 한잔하는 곳이었지만 방송 이후 밀려드는 손님을 감당하지 못해 재료는 물론 서비스까지 나빠졌다. 가격은 올랐고 덤은 사라졌고 재료는 공급이 딸렸고 친절은 나 몰라가 되었다. 그럴 때면 제발 좀 내버려두라는 자조 섞인 혼잣말을 하곤 한다. 방송을 타는 순간부터 나의 단골집은 과거형이 된다. 단골집이었던으로…

●

"방송에 어떻게든 나와야 한다는데요."

좀 전에 하마 쌀국수 주인장이 한 말이다. 맛집 탐방을 좋아하는 주인장이 다른 식당을 찾았다가 그곳 주방장에게 들은 말이란다.

방송이 다는 아니다, 지금 잘하고 있다, 이 좁은 곳에 사람이 밀려들면 어쩔 거냐 등등 열변을 토하고 왔다.

고개를 끄덕이는 그를 뒤로하고 일말의 미안한 맘이 들어 이 글을 쓰고 있다. 내가 뭐라고. 방송에 나와 더 잘 되어 돈 많이 벌면 좋은 것 아니냐!

●

"왜 하마 쌀국수인가요?"

궁금한 거 못 참는 성격이 어디 가리.

"여자친구 별명이에요."

"하하하하하."

별명이 하마라…

하마로 추정되는 여자친구를 몇 번 본 적이 있다. 직장을 다니는지 가끔 휴일에 나와 주방 일을 도왔다. 썩 잘 어울리는 두 사람이다. 얼마 지나지 않아 두 사람은 결혼을 했다. 주인장 부부가 베트남으로 신혼여행을 다녀온 뒤 나역시 베트남 다낭을 다녀온 경험이 있어 공통의 화제로 좀더 가까워졌다. 문자도 주고받는 사이가 되었다.

그리고 1년 후!

무뚝뚝해 보이던 주인장은 알고 보니 수다쟁이였고 나랑코드가 잘 맞았다.

한 달 넘게 퀸의 노래를 틀어 놓으며

"보헤미안 랩소디 보셨어요? 전 두 번 봤어요."라는 낭만과

"맛있는 삼겹살집 알려 드릴까요?"라는 배려와

"뷔페 가면 화가 나요. 배불러서 더 못 먹는 게 억울해요."라는 엉뚱함을 간직한 사람이다.

아버지 흉을 보거나 장인 흉내를 내거나 아내가 살찐 이야기를 할 때마다 사투리 섞인 투정에 웃음이 난다.

이런 사람이 좋다. 집안 자랑, 돈 자랑, 아내 자랑, 남편 자랑, 자식 자랑… 자랑만 하는 사람보다 툴툴대며 속을 드러내는 사람이 좋다. 자랑할 건 자랑 안 해도 드러나며 툴툴대도 사랑은 넘쳐난다. 하마 쌀국수의 주인장과 하마 씨가 알콩달콩 투덜투덜 옹기종기 둘 닮은 하마 주니어를 낳아 잘 살기를 바란다. 또한 하마 쌀국수가 그 가족의 밥줄이 될 수 있기를 바란다. 글을 쓰다 보니 하마 쌀국수의 육수 향보다 주인장의 사람 냄새에 더 반한 것 같다.

일주일에 세 번 필라테스를 하는데도 살이 안 빠진다는 하마 씨.
말로만 운동하느라 점점 살이 불어나는 주인장.
다음 만날 때까지 두 사람 모두 살 빼도록! 화이팅!

여러분 그동안
감사했습니다

유리문이 잠겨 있고 문 가운데 아래와 같이 쓰여 있었다.
여러분 그동안 감사했습니다.

자주는 못 가지만 한 대학가 근처에 들릴 때마다 김밥 한
줄 사서 먹던 분식점이 문을 닫았다. 식당이라고 할 만한
규모도 아니고 주로 포장 위주의 손님이라 앉을 자리라곤
달랑 두 개밖에 없었지만, 맛이며 정성이 보통의 수준을
넘어서고 무엇보다 주인아주머니의 위생 관념이 철저해서
맘에 들었던 곳이었다. 50대 중반의 인상 좋은 아주머니는
늘 머리에 두건을 쓰고 부지런히 떡볶이를 뒤적이고 김밥

을 말고 있었다.

그 집에선 언제나 밥 뜸 들이는 냄새가 났다. 그 냄새만으로도 향수를 불러일으키고 입맛을 돋우기 충분했다. 김밥에 들어가는 재료는 몇 개 없음에도 맛깔스럽고 영양 면에서도 조화를 이루고 있어서 한 줄 먹고 나면 든든해지곤했다. 무엇보다 가성비가 훌륭했다. 요즘 프랜차이즈 김밥한 줄이면 3천 원 이상은 하지 않나…

이 집 김밥은 단돈 1,500원이었다.

블라인드 테스트를 한다면 4,000원짜리 김밥과 견줘도손색이 없을 것이다. 싼 게 비지떡이라는 말은 비지떡으로주린 배를 채워보지 않고 비지의 영양가를 모르는 사람들이 만들어낸 말이다. 나도 가끔 쓰는 말이긴 하지만 사용할 때마다 마땅진 않다.

와인 좀 먹는다는 사람이라면 〈로마네 꽁띠〉라는 와인을들어봤을 것이다. 전 세계 와인 전문가들을 상대로 싸구려와인에 수백만 원을 호가하는 로마네 꽁띠 라벨을 붙여 억대의 부당이익을 얻은 사람도 있고 명품 좋아하는 유명인들을 상대로 가짜 스위스 시계를 명품으로 둔갑시켜 팔아먹은사기꾼도 있었다. 〈빈센트앤코〉라는 브랜드로 기억된다. 뭣도 모르면서 아는 척하는 사람들의 뒤통수를 친 셈이다. 그 시계를 차고 자랑하고 홍보하던 유명인들이 떠오른다. 비싸니까 좋은 줄 알 뿐 그 이상도 이하도 아닌 수준인 거다.

"이 가격 받으셔서 되겠어요."

"남는 게 없지만, 이 동네는 대부분 자취하는 학생들이 많아서요."

가난한 학생을 배려하는 아주머니의 마음씨가 김밥에 담겨 더 맛있었는지도 모르겠다. 철이 조금씩 들면서 마음 따뜻한 사람에게 뿜어져 나오는 아우라를 보게 됐다. 돈으로 살 수 없는 품성이라는 이름의 아우라! 좋은 포도주처럼 오랜 기간 잘 숙성된 사람에게만 풍기는 향기를 접할 때면 나도 그처럼 살아야겠다는 다짐을 하곤 한다.

주인아주머니가 항상 바쁘게 음식을 만들고 있어서 많은 대화는 할 수 없었지만, 그녀의 푸근한 인상과 정갈한 음식은 오래 기억될 거다. 여러분 그동안 감사했습니다란 마지막 인사를 끝으로 또 하나의 골목 식당을 잃었다. 방송 프로그램 중에 '골목 식당'이라는 프로그램이 있다. 유명인이 좌지우지하는 골목 식당은 내가 아는 골목 식당이 아니다.

진짜 골목 식당은 대본이 없다. 방송 작가와 PD가 뿌리는 과도한 양념에 무턱대고 감정이입을 하기에 앞서 동네에 널린 골목 식당에서 밥 한 끼 하는 건 어떨까?라고 혼자 중얼대본다. 대한민국의 식탁이 사업가 한 사람의 입맛에 좌지우지되고, 이 작은 나라에 천만 영화가 서른 개에 육박한다는 사실에 흠칫 공포를 느끼기도 한다.

오늘도 우리는 재벌이 만든 스마트폰을 들고 재벌의 자녀가 만든 마트에서 장을 보고 재벌의 친인척이 하는 카페에서 커피를 마시고 재벌의 친구가 하는 빵집에서 빵을 사고 재벌이 주인공인 드라마를 보며 재벌이 추천한 식당에 가고 재벌이 배급하는 영화를 본다.

진심과 진가를 알아봐 주는 사람이 많아지면 좋겠다.
골목길 분식집 아주머니가 좋은 일로 그만두셨기를 바라는 마음 가득하다.

4장

아빠

엄마와 아들, 단둘이 여행!

엄마 나이는 있어도 여자 나이는 없다

어린 숙모

아빠

아빠를 만나고 왔다. 아빠의 유골은 남양주의 한 납골당에 모셨다.

"아빠. 고향에 안 모시고 가까운 데로 모실게요. 그래야 자주 가죠."

"그래라. 네 편한 대로 해라."

나이 50된 아들이 돌아가신 아버지를 아버지라 부르지 못하고 아빠라 부른다. 살아생전 아들에게 아버지가 아닌 아빠라 불리길 원하셨던 울 아빠. 2006년 따뜻한 추석날 아빠는 떠나셨다. 이별한 지 10년이 넘었지만 하루도 빼놓지 않고 아빠를 그리며 기도한다.

'잘 계시죠? 우리 아빠로 다시 만나기를 바랍니다.' 라는 기도!

아빠는 1938년 경북 문경에서 태어났다. 일찍 부모님을 여의고 국민학교만 마치고 고향을 떠나 부산으로 거처를 옮겨 고아와 다름없는 생활을 했다. 부산에서 보육원 생활 까지 했다고 아빠의 친구분들께 들었다. 아빠의 친구분들 과 주변에서 들은 대외적인 이력은 이렇다.

부산 제트기라는 별명이 말하듯 주먹 하나 믿고 거친 생 활을 하다가 군 생활을 해군 특수부대에서 마치고 서울로 상경해서 본격적으로 태권도 세계에 발을 디뎠다. 이후 절 도 있는 자세와 특유의 성실함으로 태권도 발전에 많은 공 을 세웠다.

국가대표 감독은 물론 국기원 실기 강사와 심판, 심사, 상벌 위원장 등을 역임하고 88 서울 올림픽 때는 선수 임원 담당관에 임명되었으며 남미와 아프리카까지 진출해 태권 도를 보급하는 등 국위 선양에도 이바지했다. 서울시 자랑스러운 시민상, 체육훈장, 경찰청장 표창, 국방부 장관 표창 등 수많은 상을 받았으며 국기원 10단에 추서되었다.

특히 품새와 국제심판 활동은 교본에 실릴 정도로 본보기가 되었다. 1965년 서울에서 개관한 성북 체육관에서 국가대표를 비롯한 수많은 제자를 키워냈으며 태권도를 수련하는 외국인들이 방문하는 명소로 만든 공로로 대한 태권도 협회에서 수여하는 우수 도장에도 선정됐다.

여기까지가 공식적 기록이다.

아빠와 엄마는 외삼촌이 아빠의 태권도장에 다니면서 인연이 되었다. 어린 막냇동생을 데리고 태권도장에 다니던 엄마와 태권도 관장인 아빠가 눈이 맞은 거다. 두 분의 관계는 결혼 전까지 인정받지 못했다.

당시 서울대 박사 출신이며 국립과학수사연구소장이었던 외할아버지의 눈에 맨주먹밖에 없는 아빠가 들어올 리 없었다. 결국 엄마는 외가의 반대에 부딪혀 도망을 쳤다. 도망 이래 봤자 아빠의 자취방이었지만… 두 분의 결혼식 날짜가 내 생일과 한 달 차이밖에 나지 않는 건 엄마가 만삭의 신부였던 덕분이다.

"동네 창피하니 결혼시킵시다."

반대의 끝에 외할머니의 허락으로 서둘러 결혼을 하게
되었고 난 양가의 첫 손주로 태어났다. 그 덕분에 어릴 적
과분한 사랑을 받고 자랐다.

특히 외할머니가 주신 사랑은 내가 좌절하고 지칠 때 힘
이 됐고 사람들을 가르칠 때도 영향을 받았다. 칭찬의 긍정
적 효과는 책이나 학교가 아닌 외할머니로부터 배운 거다.

어릴 때는 아빠를 그리 좋아하지 않았다. 태권도밖에 모
르고 말 주변도 없고 까끌까끌한 수염이 난 턱을 내 얼굴
에 비벼대는 아빠보다 예쁘고 시원시원하고 무엇보다 외
할머니의 딸인 엄마가 좋았다.

친구 많고 사람 좋아하는 아빠는 정말 매일 친구와 제자
는 물론 시골의 가족들까지 집으로 불러들였다. 하루가 멀
다 하고 술상을 봐야 하는 엄마와 술에 취해 다투는 아빠
가 미웠다. 체육관은 더했다. 제자들과 지역구 정치인은
물론 몸이 아픈 사람들까지 찾아오는 통에 문전성시를 이
루었다. 아빠와 단둘이 마주 앉아 대화를 나눠본 날이 잘
기억나지 않을 정도다.

부모님의 갈등과 외가의 몰락이 공교롭게 겹치며 빚만 잔뜩 끌어안은 채 두 분은 남이 되었다. 10년쯤 세월이 흘렀을까. 아빠의 옆자리에 낯선 아주머니가 자리했다.

비 오면 천장에서 물이 줄줄 새는 방 한 칸에서 아빠와 단둘이 지내던 어느 날 "아빠가 소개할 사람이 있다."라며 조심스레 이야기를 꺼냈다. 날을 잡아 만난 그분은 상상했던 모습이 아니었다. 아빠를 생각해서 어머니라 불렀지만, 여동생은 끝까지 호칭하지 않았다.

아빠가 떠난 후 여동생이 "그 아줌마 때문에 아빠 병난 거야. 냉장고 열어 볼 때마다 전부 상한 음식이었어. 한겨울에도 돈 아낀다고 불도 안 때고. 그거 알아? 오빠가 준 생활비랑 용돈 모아놓은 거 아빠 돌아가시기 전에 의식도 없을 때 휠체어에 태워 끌고 가서 싹 다 빼간 거야."

왜 몰랐겠나. 누굴 원망하고 싶지 않다. 엄마도 그분도 원망하고 싶지 않다.

몇 년 전부터 다시 만나기 시작한 엄마가

"아빠 참 좋은 사람이었지. 엄마가 끝까지 같이 살아야 했는데… 내 잘못이야."

라는 말을 했을 때 조금은 위로받는 느낌이 들었다.

"쾅쾅 쾅"

"헉헉"

새벽 공기가 제법 찼다. 아련하지만 또렷한 기억이다. 시간이 갈수록 선명한 아빠의 넓은 등과 거친 숨소리. 난 어릴 적부터 감기에 걸리면 편도선이 붓고 열이 심하게 났다. 밤새 끙끙대며 열과의 전쟁을 치러야 했다. 이마에 손을 대고 물수건을 바꿔주는 건 늘 외할머니와 엄마였다.

한 번은 열이 좀처럼 떨어지지 않고 점점 심해졌다. 그날은 웬일인지 무뚝뚝한 아빠가 두툼하고 굳은살 박인 손으로 이마에 손을 대보며 물수건을 바꿔줬다. 아무래도 열이 심했던 모양이다.

"안 되겠다. 애 옷 입혀"라고 말씀하시곤 나갈 채비를 하셨다.

"이렇게 늦게 문 연 병원이 있겠어요?"

"그래도 나가봐야지. 당신은 집에 있어."

정신없이 뛰던 아버지의 발걸음에 맞추어 내 몸이 흔들린다.

코 시린 새벽 공기와 아빠의 목덜미에 맺힌 송골송골한 땀과 넓은 등이 아련하다. 그때가 그립다. 지금 나는 당시 아빠의 나이보다 많지만 내 가슴 한편에는 아직도 그때 그 아이가 살고 있다. 세상에서 제일 넓은 등과 진한 땀 냄새와 무엇보다 아빠가 살려 줄 거라는 믿음!

보이는 병원마다 손이 부서져라 '쾅쾅' 닫힌 문을 두드리던 아빠에게 마침내 문을 열어준 병원이 있었다. 다행히 병원 꼭대기 층에 의사가 살고 있었다. 비로소 안도의 숨을 내쉬며 희미하게 웃던 아빠의 얼굴이 떠오른다. 아빠의 사랑을 오래도록 잊고 살다가 바보같이 돌아가시고 나서야 매일 떠올린다.

항암 치료를 끝내고 고향에 내려가 계실 때였다. 며칠 뒤 아빠의 생일이었다. 바빠서 못 간다고 전화를 했다.

"그래, 바쁘게 살아야지. 전화 고맙다."

깜짝 놀라게 해 드리려던 작전이었다.

생일 새벽, 차를 몰아 일출에 맞춰 고향 집 앞에서 전화를 드렸다.

"아버지 정말 죄송해요. 오늘 잘 보내세요. 생신 축하드려요."

"그래그래. 고맙다. 걱정 마라. 잘 지내마."

"오늘따라 날이 좋아요. 창밖을 한번 보세요."

창밖에 서 있던 나와 눈이 마주치자마자 얼굴이 벌게지도록 펑펑 우시던 아빠의 모습이 눈에 선하다. 그리 우실 줄 몰랐다.

아 진짜. 이 이야기는 할 때마다 눈물이 난다. 아빠의 서글픈 얼굴이 선하게 기억나서 그렇다. 좀 더 같이 있을걸. 좀 더 안아 드릴 걸. 좀 더 잘해 드릴 걸. 좀 더 좀 더.

아들의 손길과 전화 한 통과 다정한 한 마디를 기다리고 사셨을 아빠.

처음 하는 이야기다. 산소 호흡기를 달고 병원에 계실 때였다. 손으로 펜과 메모지를 찾았다.

아빠가 마지막으로 남긴 글은 "만재야. 사랑한다."였다.

칭찬에 인색하고 표현에 서툴던 아빠가 병원 처방 전 뒤에 남긴 한 줄이 유언이 되었다.

얼마나 사신다고 함께 하지 못했나. 모셔야 했음에도 모시지 않았다. 아빠 투병 중에도 아빠와 다투던 못난 아들이니 오죽했겠나… 다 위선이었다.

효자인 척
대범한 척
잘하는 척

이 밖에도 뚜렷하게 회상되는 순간들이 있다.

집에 모실 때였다. 응급상황이 와서 119에 연락했다. 1층까지 아빠를 업었다. 뼈만 앙상한 아빠를 제대로 업지 못해 떨굴 뻔했다. 축 늘어진 아빠는 세월의 무게와 고통의 깊이만큼 무거웠다. 그 후에도 몇 번이나 응급상황이 찾아와 고비를 넘겼다. 한 번은 고향 병원에서 가망 없으니 준비하라는 말을 들었지만 내가 우긴 끝에 서울대병원까지 앰뷸런스로 이동했다.

손을 꼭 잡고 이동하는 내내 애달프게 외쳤다.

"아빠. 정신 차려. 나 여기 있어. 힘내."

아빠가 그 말을 들었을까? 서울에 도착해서 의식을 회복한 뒤 몇 달을 더 사셨다. 덜컹거리던 앰뷸런스 뒷자리의 불편함과 절박한 상황은 아직도 생생하다.

브라질 이구아수 폭포 아래서 함께 포옹했던 추억.

에콰도르에서 보낸 수염도 밀지 못한 채 찍은 사진과 철자법 다 틀린 아빠의 편지를 받던 날.

"줄 게 없어 미안하구나."라며 로또를 사라고 꼬깃꼬깃한 만 원짜리를 쥐여주신 일.

항암 치료 마치고 힘내겠다고 짜장면 한 그릇을 다 비우신 날.

면역 수치가 회복되지 않아 병원에 갔다가 허탕치고 돌아와 함께 울던 날.

산소 호흡기 위로 입을 맞추며 꼭 안던 기억.

다 늦게 대학에 입학한 아들을 보고 환하게 웃으며 악수를 청하던 순간.

모든 순간이 불과 며칠 전에 벌어진 일 같이 느껴진다.

아빠와 비슷한 연배의 어른들을 만날 때마다 우리 아빠 같은 사람이 없다고 생각한다. 평생 욕 한마디 할 줄 모르고 배곯은 사람들 뒷바라지를 하며 돈보다 사람됨을 강조했던 정 많고 눈물 많고 주먹 센 우리 아빠.

"돈 밝히지 마라. 고생 끝에 낙이 온다."

매번 같은 레퍼토리에 지쳐

"아빠. 그런 말씀 마세요. 돈이 있어야 아빠 생활비 드리고 치료비도 내죠." 라고 타박을 하면 이내 풀이 죽던 아빠.

다 큰 아들 먹인다고 아침마다 밥과 라면을 끓이던 아빠.

명절 때마다 은행 가서 바꾼 천 원짜리 신권 100장을 봉투에 담아 주며 흐뭇해하던 아빠.

아빠가 돌아가신 후 하루가 멀다고 슬퍼할 때 아내가 이런 말을 했다.

"아빠가 그러고 사는 거 좋아하시겠어? 웃고 살기를 바라시겠지."

그 말을 들은 후 가급적 웃고 살려 노력한다.

아들이 낸 책을 한 권도 보지 못하고 떠나신 게 제일 마음 아프다. 얼마나 좋아하셨을까?

"아빠는 평생 칭찬 한마디 안 하세요."

"이놈아, 우리 만나면 맨날 네 자랑만 해."

못난 아들을 자랑하던 아빠를 생각하니 눈물 찔끔! 아빠 있는 사람들에게 부탁한다. 아낌없이 잘해 드리기 바란다. 잘해도 잘해도 후회만 남을 거니까…

엄마와 아들, 단둘이 여행!

　세상사 말처럼 쉽지 않은 일이 다반사지만 모자의 여행이야말로 쉽지 않은 것이다.

　모녀의 여행은 흔하지 않나…

　여행지에 가면 엄마와 딸이 함께 있는 모습을 찾는 건 어렵지 않다. 심지어 3대가 함께 하기도 하지. 엄마, 딸, 손녀! 서로 손을 잡고 있든 눈을 흘기고 있든 모녀의 모습은 여행지와 잘 어울린다.

　모녀가 아닌 모자가 제주도로 2박 3일 여행을 떠났다. 칠순이 넘은 엄마와 쉰이 된 아들의 여행이다.

엄마는 예쁘고 용감하고 낙천적이고 친화력까지 최고다. 부잣집 육 남매 중 둘째 딸로 태어나 지금까지 남매간의 가교 역할을 담당한다. 한 번 마음 먹은 일은 어떻게든 해내고야 마는 성격인데 그 중 으뜸이 외가의 반대를 무릅쓰고 가난한 아빠를 만나 선 임신, 후 결혼을 강행한 것이다.

내 키가 또래 남성의 딱 표준 치밖에 되지 못한 건 임신 내내 날 꽁꽁 싸매고 숨긴 엄마 탓이려니 추측한다. 엄마의 결혼식과 내 생일이 고작 한 달 차이밖에 안 나는 게 빼도 박도 못 하는 증거다. 용감하지 않나. 내 존재를 무려 9개월이나 숨겼다가 빵~ 하고 터뜨린 것이다.

만삭의 몸을 들이밀며 "이제 어쩔 거예요?"라는 데 진짜 어쩔 것인가. 외할머니가 동네 남사스러워 서둘러 결혼을 시킨 것이다. 결론부터 말하자면 엄마와 아빠, 두 분의 부부 관계는 20년을 넘기지 못했으니 부모가 반대하는 데는 다 이유가 있다는 꼰대식 마인드를 꼭 허투루 들을 건 아니다.

엄마와 나의 50년 역사를 한 꼭지에 담는 건 불가능하고 엄마에 대한 예의도 아닌 거 같아 중간 과정을 과감히 건너뛴다. 엄마를 너무나 사랑하고 따랐던 꼬마가 엄마를 원망하며 미워하는 청년이 되었다가 다시 원만하게 지낸 지 얼마 되지 않았다.

그동안 여동생과 주변에서 엄마 이야기를 해도 모른 척하고 살다가 3년 전부터 엄마와 왕래를 한다. 다시 만난 엄마는 새벽 5시에 나가 한 달에 150만 원을 받으며 일을 하고 있었다. 어쩌면 난 그런 엄마를 기대하고 있었는지 모른다.

성실한 엄마
책임을 다하는 엄마

최근 들어 엄마가 이상하게 안쓰러웠다. 한 달에 고작 3일 쉬며 열심히 일하는 엄마가 짠하고 슬프고 고마웠다. 예전에 만날 때는 서로의 심장에 총질하다 헤어지기 일쑤였지만 최근에는 그런 일 없이 잘 만나고 잘 헤어진다.

잘 만나는 것보다 더 어렵고 중요한 게 잘 헤어지는 것이라는 걸 엄마를 통해 알았다.

일 년에 한 번씩은 만나자는 내 말에 무슨 소리니 자주 보자는 엄마의 말대로 매년 만나는 횟수가 점점 늘어난다. 작년에는 30년 만에 엄마에게 생일 선물을 받고 동네방네 자랑을 했다. 남들이 보면 집이라도 한 채 선물 받은 줄 알 거다. 몇만 원짜리 티셔츠 선물이 그리 좋아 자랑을 하고 다녔다.

지난 연말 엄마랑 점심 식사를 하고 차 한잔을 할 때였다.

"울 아들 힘들어서 어쩌니. 걱정 마라. 잘 될 거야. 이제 고생 끝났대."

사주 보기 좋아하는 엄마가 점을 보고 와서 잘 될 거라는 말을 했다. 웃음이 나왔다.

1년 전에는 액운을 없애는 부적을 샀으니 걱정하지 말라 더니… 성당에서 세례를 받고 교회를 다니고 점을 보는 엄마다.

"엄마 말 들어줘. 엄마가 그동안 해 준 게 없고 해 줄 것 도 없잖니… 너 요즘 힘든 것 다 알아. 앞으로 열 달 동안 50만 원씩 넣어줄게. 엄마가 일하면 얼마나 더 하겠니. 큰 보탬은 안 되겠지만 유산이라 생각해라."

처음에 싫다 하고 거절했지만, 막무가내로 50만 원씩 보내왔다. 돈을 보내온 지 3개월 만에 엄마가 직장에서 잘리는 바람에 150만 원에서 유산은 끝났다. 하하하하하.

엄마를 놀리면서도 사장이 나쁜 놈이라는 생각이 들었다. 노인네를 쉬지도 못하게 몇 년이나 부려먹더니…

버킷리스트에 엄마와 단둘이 여행이 있었다. 어느 날 카톡으로 보내온 방긋 웃는 엄마의 사진 밑에 '엄마 사진 잘 보관하거라.'라는 한 줄이 쓰여있었다. 그 말의 의미가 영정 사진으로 다가왔다. 미룰 게 따로 있다. 아빠와 단둘이 여행을 미루다 떠나시고 나서야 후회하지 않았나. 마침 엄마가 일을 그만두게 됐다는 소식에 급하게 여행 계획을 세우기 시작했다.

처음에는 해외여행을 생각하고 여권을 만들라고 돈을 드렸지만

"국내도 좋은 데 많아."라는 엄마의 말씀에 따라 제주도를 갔다. 제주도에서 2박 3일간 엄마와 꼭 붙어 다녔다. 목표가 뚜렷했다. 좋은 추억을 만들어 드리자. 뚜렷한 목표를 위해 대체로 잘 지냈다.

제주 공항에 도착하자마자 엄마가 화장실에 가서 늦게 나오는 바람에 50분에 한 번 오는 버스를 놓쳤을 때 첫 번째 고비가 찾아왔다.

"엄마~~~"

공항이 떠내려가게 불렀다.

"나 불렀다고? 몰랐어."

"괜찮아요. 다음 버스 타죠."

50분쯤이야. 화가 살짝 나려 했지만 심호흡을 하며 1차 위기를 넘겼다.

김포공항에서부터 엄마는 갈치 타령을 했다.

"제주도 가면 갈치 큰 거 먹고 오자."

"네 이모가 제주도 여행 가서 먹었던 갈치가 그리 맛있었나 봐."

부잣집 시절, 외할머니와 엄마는 갈치와 굴비와 갈비를 즐겨 드셨다. 난 갈치는 가성비가 떨어져 별로였지만 엄마의 소원을 풀어 드리려 제주 첫 끼니를 갈치구이로 먹었다. 제주도에 사는 동생과 셋이 식당에 가서 갈치구이를

시켰는데 엄마가 절반 이상을 드셨다. 잘 드시는 걸 보고
"건강하시네. 아주 장정이에요." 라고 놀렸다.

"알은 엄마가 다 드세요. 전 별로예요."라고 양보하자 엄마가 "그러니? 알이 맛있는 건데." 라며 갈치알을 혼자 다 드셨다.

울 엄마 그런 엄마 아니었는데. 아들이 생선알 좋아한다고 따로 챙겨 주던 엄마였는데…

평소 아침을 안 드신다고 해 두 끼 먹을 식당을 알아보자 "여행지에선 세 끼 다 먹어야 해."라는 명언을 남겼다.

마지막 날 저녁 식사로 낙점된 해물탕집에 가서는
"어머머. 불쌍해라. 전부 살아 있는 거네. 살겠다고 저러는 거지."

라며 꿈틀대는 낙지와 전복을 보고 슬픈 표정을 짓던 엄마는 해물탕은 물론 마지막에 추가한 라면 사리까지 싹싹 비웠다.

"와!!! 엄마 장정 맞네."

엄마가 맛나게 드시는 모습을 보고 유튜브 먹방을 하면 딱이겠단 생각이 잠시 스치기도 했다.

"엄마 코 좀 곤다."

"괜찮아요."

엄마의 예고대로 코 고는 소리는 천둥소리에 버금갔는데 중간중간 수면 중 무호흡이 의심되어 걱정되기도 했다. 코 고는 소리쯤이야 하며 허세는 보기 좋게 날밤을 새우며 대가를 치렀다. 여행 중 가장 큰 위기는 엄마의 오렌지 주스 사건이었다. 제주도 동생이 운영하는 민박에 도착했을 때 동생이 '웰컴 드링크'로 오렌지 6개를 갈아서 주스를 만들어 줬다. 다음 날 아침, 주스를 반 정도 마시고 나머지는 운전하면서 마시려고 남겨둔 채 샤워를 하고 나왔다.

"엄마. 여기 주스 있던 거 못 보셨어요?"

"그거 버렸는데."

"버려요? 왜요."

여행 최대의 고비가 찾아왔지만 이내 심호흡을 세 번 하고 서둘러 나왔다.

"차 시동 걸어 놓을 테니 준비하고 내려오세요."

그럼 그렇지. 사람이 쉽게 변하나. 울 엄마의 정리 정돈과 버리기는 동네에서 유명했다. 사람 뒤를 졸졸 쫓아다니며 청소를 하고 뭐든 잘 버려서 그걸 얻겠다고 동네 아줌마들이 모여들곤 했다. 세월이 아무리 흘러도 눈만 뜨면 보이는 대로 치우고 버리는 습관이 어디 가겠나…

오렌지 주스 따위로 목표가 흔들려서야 되겠나? 좋은 추억을 만들어 드리려면 이쯤이야…

2박 3일간 엄마와 한방에서 자고 같이 밥을 먹고 눈을 마주치고 새벽 5시까지 밤을 새우며 수다를 떨었다.

몰랐던 사실들
오해했던 일들
아빠와의 추억

"그렇게 빚이 많을 줄 몰랐다."
"네 아빠 참 좋은 사람이었지."
속마음을 털어놓는 엄마를 보며 오래된 곪은 상처가 아무는 기분이 들었다. 무엇보다 흐뭇한 건 300장이 넘는 사진을 찍어드린 거다. 엄마에게 모델의 피가 흐르는 줄 몰랐다. 여행 내내 가장 많이 들은 말은 "사진 찍어줘.", "찍은 거 보내줘."였다.

따끈따끈한 사진을 여동생과 이모와 친구들에게 실시간으로 보내며 자랑하는 엄마의 모습이 귀엽고 아련했다.
며칠이 지난 후

"아들. 엄마 즐거운 시간 보내게 해줘서 고마워. 사진관에 가서 잘 나온 거로 20장 찾았어."라는 엄마의 문자와 하트가 도착했다.

잘해드려야지. 엄마 왜 저래? 불쌍한 엄마.
역시 잘 안 맞는다며 갈등하던 순간이 몇 번 있었지만 단연코 여행하길 잘했다.

◦

엄마, 사랑하는 엄마. 사랑의 크기만큼 원망 많았고 미움도 컸소. 약속대로 운동 시작하고 핸드폰 덜 보세요. 아무리 부모와 자식 간이라도 서로의 마음을 어찌 다 알겠나요? 여기저기 엄마를 사고뭉치라고 하고 다닌 아들을 이해해주면 좋겠어요. 한동안 엄마와 남보다 못한 사이로 살았어요.
누구 한 사람의 불찰이 아니지만 제 잘못이 더 크겠죠. 서로 이해하고 이제 인정합시다. 엄마와 여동생을 위해 매일 기도하고 있어요. 아빠와 엄마와 여동생, 네 가족이 함께 살던 순간이 제 인생 최고의 추억입니다.
남은 생! 사이좋게 지냅시다.

엄마가 보내온 돈을 어찌 쓰겠나. 엄마가 50만 원을 보내올 때마다 어떻게든 50만 원을 더 넣었다. 내가 힘들면 엄마는 얼마나 힘들겠나. 열 달 모아 천만 원 만들어 드리려 했다. 엄마가 갑자기 직장에서 잘리는 바람에 제주도로 여행을 다녀온 뒤 이렇게 말했다.

"엄마! 처음이자 마지막으로 단둘이 떠난 여행 어땠소?"

"어머머머머. 왜 마지막이니? 엄마는 너무 좋았지. 또 가야지."

엄마의 미소가 생각난다.

또 갈 수 있을까?

엄마 나이는 있어도
여자 나이는 없다

한 운동화 매장에서 있었던 일이다. 당시에는 본사 직원처럼 운동화 매장을 브랜드별로 순찰을 했다. 사지도 않으면서!

'음. 오늘 상태는 좋군.'

'아니, 이번 주는 왜 이래.'

하루는 순찰 중에 한 가족을 만났다. 20대 후반으로 보이는 남매와 50대 후반의 엄마가 운동화를 고르고 있었다. 남매는 벌써 한 켤레씩 사고 엄마가 고를 차례였다.

"엄마! 엄마 나이엔 예쁜 거보다 편한 거 신어야 해." 아들이 말했다.

"맞아. 엄마 편한 거로 신어." 딸이 받아쳤다.

남매가 엄마를 생각하면서 약간 투박해 보이며 쿠션이 있는 것을 골라 줬다. 엄마가

"그럴까?" 하고 웃음을 띠기 전 아주 잠시 머뭇대던 순간이 있었다.

남매도 점원도 전혀 눈치채지 못했지만 난 알았다. 엄마가 다른 신발을 보고 있었다는 것과 엄마는 엄마 이전에 여자라는 사실을…

신발은 편한 것만큼 좋은 게 없다. 그러나! 자식들에게 젊은 시절을 다 바친 엄마이기에 이제부터 예쁜 것만 신기에도 시간이 부족하다. 아울러 예쁘고 편한 것도 많다.

"세상의 모든 엄마들이여! 자식 키우느라 애쓰셨소. 맘에 드는 예쁜 신발 신으소."

기억하자.

엄마 나이는 있어도 여자 나이는 없다!

어린 숙모

나만 그런 건가?

나보다 나이 많은 사람은 나와의 간극, 즉 몇 년생인지 대부분 기억이 나는데 나보다 나이 적은 사람은 대략 그 정도일 거라고 어림잡아 기억한다. 나이 들어서 그런 건가?

언제부턴가 나보다 나이 든 사람보다 적은 사람이 많아졌으니! 그것도 아닌가? 어릴 때부터 그랬던 것 같기도 하니! 하여간 나보다 나이 어린 사람의 정확한 나이가 가물댄다.

막내 숙모도 그렇다. 두 살 차이 아니면 세 살 차이다. 아무튼 나보다 어린 숙모다. 조카지만 나이 많고, 어리지만 숙모라 서로 존대하는 불편한 사이다.

하긴 혈육의 배우자와 허물없이 가깝게 지내는 사람이 얼마나 될까?

일 년에 한두 번 명절 때나 만나면 다행이지.

그와 달리 막내 숙모와는 제법 자주 만난다. 삼촌과 나이 차가 겨우 열 살이라 어려서부터 형제처럼 가까이 지낸 덕분에 숙모와도 허물없이 만나게 된 거다.

솔직히 말해야겠다. 두 사람 다 재혼이다. 한 사람은 사별을, 다른 한 사람은 이별을 겪었다. 입장의 동일함은 공감의 영역을 넓힌다. 두 사람이 서로의 상처를 보듬으며 인연이 됐다.

숙모의 첫인상은 자그마한 체구를 가진 잘 웃는 사람이었다. 그게 3년 전이다.

삼촌이 말했다.

"식은 올리지 않았지만, 호적 신고하고 같이 사는 사람이 있다. 사람이 참 좋다. 내가 볼 땐 아주 멀쩡한데 병원에서는 암이란다. 그것도 말기 암. 6개월 선고하더라. 미친놈들! 갑자기 골절이 생겨 병원에 갔다가 예상치 못하게 암이라는 이야기를 들었다. 조금씩 좋아지고 있다. 금방 나을 거다. 다음에 같이 보자."

삼촌은 원래 긍정적이고 실천적이다. 충격적인 이야기였지만 잘 이겨내리라 믿었다. 문득 아버지가 떠올라 내심 불안하고 무섭고 서러웠다. 경험은 현명함과 두려움을 동시에 가져오는 모양이다.

처음 만난 숙모는 방긋방긋 웃으며 아무렇지 않은 듯 일상을 이야기했다. 긍정적이고 순한 사람이었다.
직업 정신과 경험을 실어 이것저것 조언을 해줬다.

"전과 다르게 사셔야 해요. 운동하세요. 걷기 매일 하시고, 음식이 특히 중요합니다. 스트레스는 적입니다."

누구나 다 아는 이야기다. 여기서 중요한 건 누구나 다 알지만 아무나 할 수 없다는 거다.

이 글을 쓰는 불과 열흘 전에 가족 중 한 사람이 암이 재발하여 세상을 떠났다. 암이 처음 발병했을 때 직간접적으로 몇 번이나 고인에게 전달했다.

"신이 경고한 거니 이제 180도 다르게 살아야 한다고… 밤을 새우는 일 대신 다른 일을 찾으라 했다."

고인이 세상을 떠난 다음 날은 애석하게도 딸의 결혼식이었다. 자식을 위해 밤새워 일하던 그분이 일을 그만두었다면 상황은 달라지지 않았을까?

병이 생기면 전과 다르게 살라는 신의 경고로 받아들여야 한다.

담배를 피웠으면 금연하고 술을 많이 마셨으면 술을 끊고 운동을 안 했으면 당장 시작하고 일에 치여 살았으면

일 욕심을 버리라는 계시다.

그게 맘대로 되냐고?

죽고 사는 것보다 더 중요한 게 어디 있냐.

자기 인생을 자기 맘대로 못하면 누가 조종하거나 인공지능이라 명령을 기다리는 거냐고. 임종의 순간을 숱하게 보고 들은바, 일 더 못해서 아쉽고 술 담배 더 못해서 서운하고 돈 더 못 벌어서 억울하다는 유언은 하나도 없었다.

협심증 판정을 받고도 계속 과식을 하는 사람이 있고 간경화 선고를 받고도 술을 끊지 못하는 사람이 있다. 자신의 삶을 장난으로 대하거나 두 번 살 수 있다고 착각하는 사람이다.

어쩔 수 없다는 핑계를 들을 때마다 '저 바보!'라고 혼잣말을 한다. 꼭 술을 마셔야 하고 반드시 담배를 피워야 하고 밤마다 과식해야만 하는 상황은 당최 어떤 건가?

알코올 중독에 걸린 끝에 피를 토하고 쓰러졌던 제자는 술을 끊고 새사람이 되어 운동을 열심히 하고 있고 담배 골초였던 매니저는 갑상선 한쪽을 떼어내고 나서야 금연을 실천하며 건강을 되찾았다.

전부터 두 사람에게 술 끊고 담배 피우지 말라고 잔소리를 했지만, 건성으로 듣다가 몸에 칼을 대고 나서야 정신을 차린 거다.

그나마 다행이다. 병원 신세를 지고 나서라도 달라졌으니… 주변에서 아무리 떠들어도 소귀에 경 읽기인 사람들이 있다. 그들의 삶의 철학은 이렇다.

"내 인생 내 멋대로 살게 놔두라고!"

제 인생이라고 아무렇게나 살아도 되는 게 아니다. 병들면 주변 사람들까지 고생시키니 결코 자신만의 인생이 아닌 거다.

막내 숙모는 자신의 병에 대해 열심히 공부한다. 공부하는 환자는 자신의 삶을 사랑하고 가족을 아끼는 사람이며 의사가 함부로 대하지 못한다.

공부를 통해 점점 자신만의 노하우를 만들어가고 있다. 여기저기 돌팔이들의 말에 귀를 기울이는 게 아니라 검증

된 문헌을 살피고 의사의 말에 귀 기울이고 동시에 실천한다. 덕분에 모두가 놀랄 정도로 호전되었다.

6개월 남은 말기라더니 4년 넘게 튼튼하게 잘살고 있다. 매일 장을 봐 야채 주스를 만들어 마시고 비건(Vegan)까지는 아니지만 가급적 채식을 하고 유산균을 챙겨 먹고 하루도 빠짐없이 운동한다.

하루는 찾아가서 바른 운동 자세를 알려 주는데 땀을 뻘뻘 흘리며 얼마나 열심이던지 절로 입꼬리가 올라갔다. 무엇보다 가장 놀라운 건 늘 헤헤 웃으며 긍정적이라는 사실이다. 나라면 그럴 수 있을까… 잘 웃는 환자를 보면 언제나 존경스럽다.

숙모는 다발성 뼈 전이 상태였다. 얼마 전 펫(PET: Positron Emission Tomography) 검사에서 선명하고 까맣게 보였던 암세포가 흐릿해지거나 하얗게 변했다는 기분 좋은 소식을 들었다.

4명 중 한 사람이 암 환자인 세상에서 이제 암은 치료의 대상이 아니라 비만처럼 관리의 대상이다. 잘 다스려 친구처럼 함께 살아야 하는 거다. 완치되면 더 좋겠지만 덧나거나 커지지 않게 잘 달래며 사는 것도 한 방법이다. 숙모를 보며 내 생각이 틀리지 않음을 확인했다.

최근엔 숙모 자신의 몸을 돌보는 것 이외에도 삼촌의 일을 돕고 있다. 덩달아 과체중이던 삼촌의 체중도 10kg 줄었다. 건강식을 나눠 먹고 같이 운동한 결과다. 대단한 보너스다.

시련은 비와 같은 존재다.

시련이 있어 성장할 수 있다. 비 한 줌 없이 땡볕만 있는 사막에서는 아무리 좋은 나무라도 열매를 맺을 수 없다. 시련을 겪었다면 이제 남은 건 성공의 열매를 맺는 거다! 성공의 열매는 사람마다 다 다르다.

누군가는 부자가 되는 것.

누군가는 명예를 얻는 것.

누군가는 베스트셀러 작가가 되는 것이겠지만,

어떤 누군가는 그저 아프지 않은 것이다.

그저 아프지 않은 것!

욕심을 부려본다. 숙모의 건강이 지금보다 더 좋아지길
바란다. 다혈질인 삼촌 곁에서 방긋 웃는 숙모를 볼 때마
다 나도 따라 웃는다. 그 웃음을 오래오래 보고 싶다.

5장

두 건의 접촉 사고

지하철 단편 영화

스타벅스 생일 쿠폰

두 건의
접촉 사고

　너무 오래전 일이라 기억이 가물대는 데다 타고난 기억력이란 게 그리 신통치 못해 어디까지가 실제고 어디부터가 허구인지 잘 알지 못한다. 갑자기 그 할머니가 기억난 이유는 21회 문지 문학상 수상 작품집 중 김혜진 작가의 단편 소설 〈동네 사람〉을 읽고 나서다.

　소설에서 동거 중인 두 여성 주인공 중 한 명이 차를 몰다 폐지를 줍던 노파를 치는(친 건지 아닌지 불분명한) 작은 접촉사고에 휘말리고 그로 인해 동네 사람들의 구설에 오른다는 시시콜콜한 이야기다. 노파의 태세 전환과 사람들의 선입견이 두 주인공의 갈등을 부추긴다. 별거 아닌 이야기지만 난 이런 별거 아닌 이야기를 좋아한다. 소소하고 사람 냄새나는 이야기 말이다.

본론으로 넘어가 나 역시 할머니를 차로 친 적이 있다. 정확히 말해 친 게 아니라 밟았다.

그때는 태권도장 운영을 할 때였고 대부분의 태권도 지도자가 그러하듯 운동 지도와 셔틀버스(말이 셔틀버스지 승합차) 운전을 겸했다. 대규모 아파트 단지나 잘 정리된 구역이 아닌 데다 좁은 골목이 워낙 많아 한 달만 이 지역에서 셔틀버스를 몰고 나면 누구나 운전 고수의 반열에 오를 지경인 동네였다.

그날도 아이들을 태우고 셔틀버스를 운행 중이었는데 골목을 돌아 나오다 뭔가 물컹한 느낌이 들었다. 요철이나 돌부리는 아닌 것이 확실하고 날 것의 느낌이 들어 혹시 강아지나 비둘기는 아닐까 하고 멈춰서 백미러를 쳐다보는 데 할머니 한 분이 발을 잡고 주저앉아 있는 게 아닌가… 바로 뛰어내렸다.

"할머니 괜찮으세요? 미처 못 봤네요. 바퀴에 밟히셨나 봐요."

승합차 뒷바퀴에 왼쪽 발을 밟힌 할머니는 예상외의 답을 했다.

"아이고. 미안해요. 내가 주책이지. 차 오는 것도 못 보고 발을 들이밀었네요."

"아니에요. 빨리 병원 가보시죠. 차에 타세요."

"아뇨. 아뇨. 괜찮아요. 바쁠 텐데 빨리 가봐요."

자. 여기서 소설 〈동네 사람〉을 잠시 언급한다. 소설에서는 폐지를 줍는 노파가 등장하고 친 건지 아닌 건지 애매한 상황에서 노파가 괜찮다는 소리에 주인공은 5만 원을 주고 자리를 떠난다.

이런 경우 뺑소니가 성립된다. 인사 사고의 경우 적당한 조치 즉, 신고하고 병원에 가고 연락처를 남겨야 한다. 난 당연히 적당한 조치를 하고자 했다.

왜냐하면 다쳤을지 모를 피해자의 신속한 치료와 더불어 소설 속 노파처럼 괜찮다고 한 뒤 딴소리를 하는 경우를 대비하기 위해서다. 할머니가 손을 절레절레 흔들며 다리를 움직여보더니 말했다.

"아무렇지 않아요. 잠깐 놀란 거뿐이에요."

　괜찮다는 할머니를 억지로 모시고 체육관 바로 옆에 있는 병원으로 갔다. 이 병원은 교통사고 환자들 사이에 유명한 병원인데 누가 봐도 소위 나일론 환자가 넘치는 곳이었다. 그곳의 서무과장이 학부모기도 했다.
　다행히 뼈에는 이상이 없었지만, 후유증을 대비해 반깁스를 했다. 보험사에 신고하고 할머니의 보호자인 아들에게도 연락했다. 병원에서 기다리는 데 허겁지겁 아들로 보이는 사람이 뛰어 들어왔다. 나보다 대략 열 살 정도 많아 보였다.

　어머니 상태를 보고 대화를 나누더니
　"엄마. 조심하시지 그랬어요. 하하. 그래도 다행이네요."
　웃는다. 웃음이 나와? 할머니도 싱글벙글 웃으며
　"호호호. 내가 부주의해서 그래. 그나저나 바쁜 양반한테 미안하네. 이제 가보세요."
　"네. 알겠습니다. 치료비는 걱정하지 마시고 계속 물리치료 받으세요."
　"엄마 말씀대로 걱정하지 말고 들어가세요. 우리 엄마

돈 많아요."

　이 사람들 뭐지? 장난치는 건가? 돈이 많아?

　예상과 너무 다른 상황이라 어안이 벙벙해졌다.

　그다음 날 음료수를 사 들고 할머니 집을 찾아갔다. 전화
로 알아본 집은 멀지 않은 곳이었다.

　"어떠셨어요. 아프시죠?"

　"안 아파요. 자고 일어났는데 오히려 멀쩡하네. 이제 오
지 말아요. 진짜 괜찮으니까."

　마침 바로 근처에 학부모가 작은 미용실을 운영하고 있
어서 들렸다.

　"어머머. 관장님이 웬일이세요. 여기까지 다 오시고."

　"혹시 저 앞집에 사시는 할머니 아시나 해서요. 제 실수
로 교통사고가 좀 났거든요."

　"누구요? 빨간 대문 집이오? 그 할머니 우리 집 단골이
세요. 이 동네 유지예요. 자식들도 다 근처에 살아요."

　"아. 그러시구나. 사람이 좋으시더라고요."

　"네 맞아요. 좋은 분이에요."

　휴… 다행이다. 크게 안 다쳐 다행. 좋은 사람 만나서 다

행. 운전 더 조심해야지.

일주일인가 지나 전화가 왔다. 할머니의 아들이었다.

"집에 왔다 가셨다면서요. 오늘 한 번 더 오셔야겠네요. 어머니가 좀 뵙자네요."

가슴이 덜컹했다. 그럼 그렇지. 그냥 쉽게 넘어가는 게 아니었지. 저녁 수업을 급하게 사범들에게 맡기고 과일을 사 들고 다시 그 집을 찾아갔다. 입구에 들어서자마자 왁자지껄. 식구들이 여럿 보였다.

"이분이야. 엄마 발 밟으신 분."

"하하하. 그래? 어서 오세요."

"차린 건 없지만 저녁 드시고 가세요. 엄마랑 이야기 나누다 한번 뵙고 싶어서요. 엄마가 하도 자랑을 하시길래."

할머니의 아들과 딸과 또 다른 아들이 손주 몇 명과 함께 그 집에 있었다. 할머니가 웃으며 말씀하셨다.

"일주일에 한 번 가족이 모여 저녁 먹거든요. 어서 와요."

어서 와요. 돌아가신 할머니가 환한 얼굴로 "어여 와라." 라고 한 이후 그렇게 살가운 어서 와요는 처음이었다.

가끔 착각을 한다. 친구 집에서 밥을 먹다가, 친척 집에서 밥을 먹다가 나도 그 집 식구인 양 착각을 한다. 그날 딱 한 끼였는데 지금까지 기억이 난다. 빨간 대문, 식구들의 재잘대는 소리, 호박과 두부 숭숭 된장찌개, 할머니의 미소 그리고 어서 와요.

에피소드 하나 더 짧게 방출하자면 체육관 차로 한 번 더 사고를 낸 적이 있었다. 앞서가던 마을버스 운전자가 정류장에서 수신호로 먼저 가라고 해서 막 추월하는데 마을버스에서 내린 9살 여자아이가 버스 앞으로 뛰어나오는 걸 미처 피하지 못하고 백미러로 얼굴을 친 것이다.

이런 상황에서 피할 수 있는 사람이 어디 있을까?

마을버스 운전자와 뛰어나온 아이를 탓하면 뭐 할까?

사고는 내가 냈는데… 사이드 브레이크를 올리고 뛰어내려서 아이의 상태를 살피려는 데 아이가 전력 질주로 도망간다.

"아니에요. 아니에요."라며 막 도망가는 걸 힘들게 붙잡았다.

"아냐. 아냐. 아가. 네 잘못 아니야. 아저씨가 친 거야."

"안 돼요. 안 돼요. 안 아파요. 엄마한테 혼나요."

발을 동동 구르며 우는 아이를 보고 웃음이 나오면 안 되는데 나를 포함한 주변 사람들 모두 웃음이 터졌다.

"혼나는 거 아니야. 아저씨가 잘못한 거야. 병원 가야해. 안 가면 혼나는 거야. 엄마 전화번호 알려줘."

또다시 체육관 옆 병원으로 가서 처치를 했다. 천만다행으로 이마 쪽에 살짝 멍만 들었다. 혹시 몰라 추가 검사를 하면서 아이의 엄마를 기다렸다.

엄마가 등장했다.

"조심하랬지. 엄마가 뭐랬어."

"으앙~~~"

허허. 난감했다.

"어머니. 제가 잘못한 겁니다. 혼내지 마세요."

다친 아이는 체육관 다니는 학생의 사촌 동생이었고 그 뒤로 제자가 됐다.

"희수야. 요즘은 차 조심 잘하지?"

"네!! 관장님."

세상엔 좋은 사람이 더 많다는 걸 새삼 느낀다. 나쁜 사람이 더 많다고 느끼는 건 TV를 너무 많이 봐서 그런 거다. 뉴스에 나오는 흉흉한 사건들, 정치인들의 싸움, 재벌의 갑질, 불안을 조성하는 기사, TV와 핸드폰을 끼고 살 시간에 책을 읽고 사람을 보는 건 어떨까?

할머니는 잘 계실까. 희수는 몇 살이 됐을까. 오늘은 그때가 그립다.

지하철
단편 영화

초봄이었다. 김포공항 쪽에서 저녁 강의를 마치고 공항 철도를 타고 서울역에서 내려 1호선으로 환승하기 위해 몸을 부지런히 움직였다. 언제나 그렇듯 1호선은 다양한 사람들이 모여 있다. 다시 소설적 표현으로 바꾼다. 온갖 군상이 망라되어 있다. 열차를 기다리고 있는 잠깐 사이 아수라장이 됐다. 벌써 흥미진진하다. 손에 들었던 책을 잠시 덮는다.

결론부터 말하면 대중교통 이용 역사상 가장 강렬한 역사적인 날이었다. 단 20분 만에 단편 영화 한 편을 본 것 같았다. 사건의 전개가 워낙 복잡하니 등장인물부터 설명한다.

주연: 고주망태

조연: 욕쟁이, 40대 순둥이, 50대 순둥이

단역: 욕먹는 아줌마, 페도라 할아버지,

　　　40대 순둥이가 우연히 만난 친구 딸

서울역에서 청량리역 방향으로 가는 1호선을 기다리고 있었다. 어디선가 욕이 들린다. 그것도 아주 큰 소리로…

"야! 이 잡년아."

오잉? 수많은 욕을 경험해 봤지만 참 걸진 욕이다. 잡년이라니.

다시 들린다.

"넌 잡년이라고 잡년."

염색을 해서 머리색이 갈색보다 훨씬 진한 붉은빛을 띠고 체크무늬의 양복 콤비를 입은 66세의 남성이다. 키는 170정도에 멋을 한껏 냈는데 조화롭지 못하다. 취하진 않아 보이지만 분명 술을 마신 상태다. 잡년으로 추정되는 아줌마가 대여섯 걸음 떨어진 반대편 쪽에 서 있다가 기어코 욕쟁이에게 잡혀 왔다.

"네 년도 잡년, 네 언니도 잡년이야."

뭔가 단단히 골이 나서 욕을 하는데 그걸 말없이 듣는 욕

먹는 아줌마는 노하거나 당황한 기색이 없다. 한두 번 겪어본 일이 아닌 듯 보인다.

　사실 난, 그 두 사람보다 그 주변을 서성이는 만취한 고주망태에게 신경이 쓰였다. 위태위태한 갈지자 걸음걸이가 자칫 잘못하면 넘어질 판이다.
　허름한 점퍼를 입고 안경을 쓴 데다 대단히 약골이다. 대략 체중은 58kg 전후에 키는 165정도의 40대로 보였다. 넘어질 듯 넘어지지 않으면서 이곳 저곳을 기웃대며 사람들에게 말을 걸지만 대꾸해주는 사람은 없다. 다들 피하고 본다.

　욕쟁이의 욕은 그 상황에서도 계속된다. 점점 목소리가 커진다. 그때였다. 욕쟁이를 계속 지켜보던 페도라를 쓴 할아버지가 언성을 높인다.
　"야. 조용히 좀 해. 어디서 욕질이야."

　그다음 상황은 뭐 굳이 설명할 필요가 있을까. 예상대로다. 욕쟁이가 페도라 할아버지에게 다가가더니 서로 침을 튀겨 가며 나이를 견준다.

"너 나이 몇이나 처먹었어. 어디서 반말이야. 민증 까."

두 사람이 동시에 번개처럼 주민증을 꺼낸다. 와! 놀라운 순발력이었다. 운동선수들을 오래 지도한 경험에 비추어 말하건대 그 정도면 국가대표급 순발력이다. 욕쟁이가 나이 얘기를 먼저 꺼냈지만 누가 봐도 할아버지 나이가 많아 보였다. 욕쟁이는 54년 생, 할아버지는 그보다 열 살 많은 44년 생이었다.

"이런 어린 놈의 자식이."

"야 이 새끼야. 나이 먹은 게 자랑이냐? 저리 꺼져."

나이를 따지더니 나이 많은 게 자랑이냐는 욕쟁이! 누군가에게는 일촉즉발의 상황으로 보였을지 모르지만 난 이미 알았다. 절대 물리적인 충돌이 없을 거라는걸….

열차가 도착했다. 애석하게 동묘 행 열차다. 동묘는 청량리보다 세 정거장 전이라 내려서 다시 다음 열차로 갈아타야 하는 번거로움이 발생한다. 고작 번거로움 정도로 재상영 없는 지하철 단편영화제 대상작을 중간에 끊고 갈 순 없었다.

남들이 싸우든 말든 계속 갈지자로 걷던 고주망태가 먼저 열차에 타고 욕쟁이와 페도라 할아버지, 그리고 욕먹는 아줌마도 탔다. 나도 그 뒤를 따랐다.

곧 치고받고 싸울 듯하던 욕쟁이와 할아버지는 다른 문을 이용해서 승차했지만 결국 같은 칸에 탔다. 노약자석에 앉은 할아버지가 분이 안 삭았는지 욕쟁이를 째려보지만, 욕쟁이는 다시 적을 바꿔 아줌마에게 욕을 시작했다.
"넌 잡년이야."

사람들이 많이 놀랄 줄 알았지만, 각자의 핸드폰에 빠져 있느라 별로 관심이 없다.
이어폰을 귀에 꽂고 음악을 듣는 사람들, 게임을 하는 사람들, 문자를 주고받는 사람들….
옆에서 누구 하나 죽어도 모를 것 같다.

고주망태 주변은 더 평화롭다. 마치 공휴일 새벽의 한적한 시내와 같다. 침을 튀기며 말을 거는 데다 간헐적으로 허공에 '퉤'하고 침을 뱉고 몸까지 가누지 못해서 주변 사람들이 자리를 피한 거다.

유일하게 나만 고주망태의 근거리에 있다. 언제 넘어질지 모르고 위험하게 자꾸 출입문에 기대는지라 피치 못한 경호 중이었다. 그럼에도 불구하고 침을 맞지 않기 위해 일정한 거리는 계속 유지했다.

　욕쟁이가 욕을 원 없이 했는지 목소리가 좀 작아졌다. 잡년으로 추정되는 아줌마는 희한하게 그 곁에 딱 붙어 앉아 있었다. 신기한 건 욕쟁이와 고주망태는 가까운 자리에 있었는데 서로 터치를 안 하는 거였다. 영화 〈대부〉의 한 장면 같았다. 고수끼리 알아보는 모양이다.

　종로 3가역에서 갑자기 욕쟁이가 "내려 빨리. 여기야" 하면서 내리는 통에 아줌마도 얼떨결에 따라 내렸다.

　욕쟁이가 "아이 씨팔. 여기 아니네. 다시 타."하고 다시 타려던 순간 문이 닫혔다.

　그 순간 문 사이로 욕쟁이가 들고 있던 쇼핑백을 집어넣었다. 쇼핑백이 끼면서 다시 열릴 줄 알았던 모양이다. 욕쟁이의 기대와 달리 문이 안 열렸다. 쇼핑백이라도 건질 욕심으로 욕쟁이가 확 잡아당겼는데 쇼핑백이 찢어지며 끈만 딸려 가고 물건은 문틈에 계속 끼어 있었다.

　휴……. 카메오 출연이다. 결국 내가 발로 찼다. 앞발 밀어 차기였다. 쇼핑백이 예상보다 문에 꽉 물려 있어서 두 번을 연속 차서 간신히 밖으로 뺐다. 이런! 대신 내 발이 문틈에 잠시 꼈다. 발을 빼자마자 문이 '쿵'하고 둔탁하게 닫혔다.

발이 문틈에 껴 있던 0.05 초의 시간 동안 수많은 일들이 주마등처럼 스쳐 지나갔다. 제자들만 운동을 빡세게 시켰더니 안 되겠다. 발차기 연습을 다시 시작해야겠다. 밖에서 욕쟁이 곁에 서 있던 아줌마가 날 보고 눈인사를 했다. 그 얼굴이 애처롭다.

◦

다시 고주망태를 찾았다. 여전히 넓은 자리를 차지하며 평화롭게 침을 뱉고 있었다. 페도라 할아버지는 어느 틈에 내렸는지 사라지고 없다. 종로 5가 역에서 사람들이 많이 탔다. 이때 고주망태가 갑자기 내리려는 동작을 취하며 들어오는 승객들과 작은 마찰이 있었지만, 무사히 지나갔다.

열차는 거의 만석이었다. 눈치 빠른 사람들은 고주망태를 피해 각자의 자리에서 열심히 핸드폰을 해댔다. 밋밋해

지려던 지하철 단편 영화 후반부에 갑자기 강력한 조연이
등장했다. 직장인 두 사람이었는데 고주망태의 말에 일일
이 대꾸를 해주며 대화를 나눴다.

직장 동료로 보이는 40대 후반의 건장한 순둥이 남성과
50대의 뿔테 안경을 낀 순둥이 남성이었다. 두 사람 역시
술을 한잔한 모양이었다. 앉을 자리가 나자 고주망태를 먼
저 앉히고 자신들도 그 옆에 앉았다.

두 사람은 놀랍게도 얼굴에 침을 맞아가며 고주망태의
이야기를 다 들어줬다. 역할 분담도 확실했다. 40대가 침
맞으며 들어주는 역할, 50대가 손을 잡고 달래는 역할이었
다. 정말 놀랐다. 어찌 저럴 수가 있지?

추측하건대, 본디 착한 사람들이 술 한 잔의 힘으로 더
본심이 드러난 것이었다. 40대 순둥이의 얼굴은 침으로 흥
건했지만 침착하게 손으로 닦아가며 고주망태의 이야기를
끝까지 웃으며 들어줬다.

동묘에 도착했다. 세 사람은 얘기를 나누다 열차에서 안

내 방송이 나오며 불이 꺼지자 함께 내렸다. 이미 말했듯이 동묘 행이라 다음 열차로 바꿔 타야 한다. 나 역시 따라 내렸다. 밖에서 대기하던 사람들과 내린 사람들이 엉키는 와중에도 고주망태는 두 사람을 놓치지 않으려는 듯 꼭 옆에 붙어서 쫓아다녔다. 그때 누군가 40대 순둥이를 불렀다.

"아저씨?"

"어? 어? 너 여기 웬일이야."

얼굴이 침 벅벅이 된 40대 후반의 순둥이 남성이 우연히 만난 건 친구의 대학생 딸이었다. 동기 세 명과 함께 있던 친구 딸은 학교 끝나고 집에 가는 길이라고 했다. 대학 새내기로 보였다. 둘이 반갑게 어깨동무를 하는 모양을 봐서 무척 가까운 친구의 딸인 모양이었다.

다음 열차가 도착했다.

그 와중에 고주망태는 50대 순둥이 아저씨와 부쩍 더 가까워졌다.

"아니. 그런데 말은 놓지 말고… 집은 어디야? 어디라고? 그럼 잘못 탔지. 잘됐네. 한잔 더 하고 가."

40대 순둥이는 친구에게 전화를 건다.

"야, 네 딸 동묘에서 우연히 만났다. 술 한 잔 사줘도 되지? 그래 그래. 넌 못 나와?"

순둥이 둘과 친구 딸 무리가 함께 술을 한잔하러 갈 모양이었다.

과연, 지하철 단편 영화의 주인공인 고주망태도 술자리에 따라갈지 궁금했지만 먼저 내려야 했다.

⚫

러닝타임 딱 20분짜리 단편 영화가 이토록 다채롭다. 현실보다 더 영화 같고 대중교통보다 더 다이내믹한 건 없다. 세상은 그럭저럭 잘 돌아간다. 아무리 욕을 먹어도 아무리 술에 취해도 그저 돌아간다. 지하철 단편 영화를 보고 나니 착한 게 가장 강한 거라는 생각이 든다.

순둥이들이 착한 게 아니라 술김 아니냐고?

술은 악을 더 악하게 선을 더 선하게 만들 뿐이라고 늘 생각한다. 술 먹고 사고 치는 놈들은 원래 그런 놈들인 거다. 피곤한 퇴근길에 박진감 넘치는 단편 영화 한 편 덕분에 시간 가는 줄 몰랐다. 영화가 끝나니 궁금한 거 세 가지!

욕쟁이랑 욕먹는 아줌마는 부부일까?

페도라 할아버지는 진짜 나이 많은 게 자랑일까?

착한 순둥이 남편을 둔 아내는 행복할까?

스타벅스
생일 쿠폰

　스타벅스 앱으로 생일 쿠폰이 도착했다. 사람 심리가 웃기다. 평소 먹던 걸 먹으면 될 걸 공짜 쿠폰이 생기면 비싼 걸 찾는다. 사람 심리라 해서 미안하다. 내 심리가 그렇다. 열두 번 음료를 먹으면 생기는 스타벅스 무료 음료 쿠폰도 그렇다.

　그때마다 메뉴판을 뒤져가며 안 마시던 걸 찾는 이유가 뭘까? 다 먹고 나서는 꼭 후회한다. 그냥 먹던 걸 먹을걸…

　스타벅스에 가면 평소에는 디카페인 아메리카노나 제주 유기 녹차를 마시는 데 지금은 무료 쿠폰으로 디카페인 돌체 라테에 캐러멜 드리즐을 추가한 걸 마시고 있다. 가격은 6,500원이다. 나름 비싼 걸 고른 거다. 흐뭇함도 잠시! 달아도 너무 달다. 와! 진짜 달아서 어지럽다. 이건 설탕물과 다름없다. 녹차나 마실걸! 결국 후회하고 있다. 이럴 줄 알면서 또 이런다.

좀 전에 점심을 먹은 곳은 자주 가는 쌀국수집이다. 회기역 주변에서는 유일한 단골이라 할 수 있는 집이다. 얼마 전 수요미식회에 나왔다던 이태원의 쌀국수집을 다녀온 이후 실망을 하고 다시 단골집을 찾았다.

방송에 나와서 맛집을 자랑하는 사람들의 입맛을 이해할수 없다. 별것도 아닌 거로 호들갑을 떠는 걸 보면 '뭐야. 며칠 굶은 거야?'라는 생각이 든다. 이태원 쌀국수집은 방송에서 볼 땐 쌀국수에 고기가 가득했는데 직접 가서 먹어보니 대패로 썬 듯한 얇은 고기 세 쪽이 전부였다. 쌀국수먹을 때 고기양이 적으면 기분 상한다. 아무리 육수니, 뭐니 해도 건더기가 필요하다. 난 '국물파'가 아닌 '건더기파'니까…

단골 쌀국수집에서 비빔 쌀국수를 한 그릇 먹고 만회했

다. 이 단골집은 배부를 정도로 고기를 준다. 깔끔하고 담백하고 고기도 많다. 전에 블로그에 후기를 올린 적이 있었는데 잘 안 올리던 식당 후기를 올렸다는 건 가성비가 아주 좋다는 거다. 이 정도 가격에 고기 푸짐하고 맛난 쌀국수가 흔치 않다. 반찬으로 양파 절인 게 나오는 데 이것도 별미고 청양고추를 무료로 추가해서 매콤하게 먹을 수도 있다. 이곳 주인장 덕분에 배꼽을 여러 번 잡았다. 얼마 전에 결혼해서 베트남으로 신혼여행을 다녀온 뒤 여러 에피소드를 들려주는데 원 없이 웃었다. 자유분방한 아버지와 엄격한 장인 사이에서 갈팡질팡하며 아내와 다툰 이야기를 하는 데 그렇게 웃길 수가 없었다. 무뚝뚝한 사람인 줄 알았는데 말문이 트인 건지 이제 유부남이 되어 그런 건지 재미나게 수다를 떤다.

사람들은 내게 고민을 털어놓거나 비밀을 얘기하며 상담을 요청한다. 듣는 것보다 말하기 좋아하는 사람인 걸 아는지 모르는지 어떤 이는 만난 첫날 펑펑 울며 처지를 비관하고 어떤 이는 나도 모르는 사람의 흉을 한 시간 내내 보다 가기도 한다. 지인의 말로는 내게 누구든 무장해제하게 만드는 장점이 있다는 데 그건 속 좁은 걸 몰라서 하는 말이다. 호인인 척하는 졸장부가 딱 나다.

●

주민등록상 생일이 5월이라 5월이 되면 여기저기서 쿠폰을 보내오고 축하를 받지만, 실제 생일은 6월이다. 부모님께서 음력 생일을 호적에 올린 건데 부모님조차 5월을 생일로 알고 연락을 주시곤 했다.

"생일 축하한다."

"아버지 제 생일은 6월이에요. 어릴 때부터 늘 그렇게 한걸요."

아버지는 돌아가시기 전까지 "그래 그래. 내년엔 제때 연락하마."라고 하셨지만, 다음 그다음 해에도 언제나 5월에 생일 축하 전화를 하셨다. 어머니도 늘 그러시더니 작년부터 어떻게 된 일인지 6월에 연락을 하신다.

지금 와 생각하니 5월이든 6월이든 그게 무슨 대수인가… 어차피 일 년에 한 번인데 아무 때나 축하받으면 될 일 아닌가… 축하해줘도 따지고 드는 인간이라니….

아버지 돌아가신 뒤 허전한 게 한둘이 아니지만, 이맘때면 "아들아~"하며 전화 주시던 아버지의 목소리가 유독 그립다.

쌀국수 주인장이 아버지 얘기하는 걸 들으며 깔깔 웃을 때는 몰랐는데 글을 쓰다 보니 난 아버지가 없다. 남들 다 있는데 나만 없는 것 같을 때 서럽다. 어릴 땐 장난감이 그랬고 어른 되니 집이 그랬는데 이제는 아버지가 그렇다. 아버지 연배의 어른들을 뵐 때면 잘하려 노력하지만 그럴수록 아버지가 더 보고 싶어진다. 그분들께 하듯이 아버지께 했다면 얼마나 좋았을까? 처음 보는 걸인은 불쌍히 여기며 전부를 준 아버지는 왜 불쌍히 여기지 않았을까? 있을 때 잘하라는 말이 괜히 나온 게 아니다.

스타벅스 생일 무료 쿠폰 이야기하다가 샛길로 빠졌다. 기왕 빠진 거 샛길에서 마무리해야겠다.

5월은 가정의 달이다. 가정의 달이 따로 있다는 게 골 때린다. 아무튼 가정이 편해야 모든 게 편하다.

'수신제가치국평천하'

가정을 끝까지 지키지 못한 아버지의 방에 걸려 있는 액자에 쓰여 있던 말이다. 가정을 지키는 비결은 남들한테 하는 거 반만 하면 된다. 커피 사주는 친구가 고마우면 매일 밥해주는 엄마는 얼마나 고마운 건가. 스타벅스 무료 쿠폰이 고마우면 평생 무료로 뒷바라지해준 아빠는 얼마나 고마운 건가. 고맙고 또 고마운 가족을 향해 인사를 올린다.

"고맙습니다."

6장

개는 도무지 거짓이 없다

똥 먹는 개 노리

개는 도무지
거짓이 없다

개를 키운다. 이름은 미농. 종은 비숑프리제. 나이는 3살.
 다시는 개를 키우지 않으려 했다. 개를 잃은 슬픔과 상
실감은 사람이 치유할 수 없다는 사실을 깨달은 뒤 마음을
바꿨다. 다시 개를 키운다.

4년 전이다. 똥이를 떠나보내고 1년도 지나지 않아 꼬농
이마저 떠났다. 그때 꼬농이 나이 7살. 똥이는 15살에 심
장병으로 떠났고 꼬농이는 사고로 떠나보냈다. 똥이와 꼬

농이는 시추다. 똥이가 8살 때 꼬농이가 왔다.

둘이 핏줄은 아니지만 입양 과정이 똑같다. 처가에서 키우던 시추의 새끼를 데려온 거니까…

이름을 뭐로 지을까 하다가 첫째가 똥이니까 둘째는 꼬농이로 하는 게 좋겠다는 생각이 들어서 다른 이들의 반대를 무릅쓰고 둘을 합쳐 '똥꼬농'으로 정했다.

둘이 함께 산 건 7년 정도다. 새끼 꼬농이가 똥이를 어미로 알았는지 껌딱지처럼 붙어 다녔다. 집에서도 밖에서도…

첫 남산 산책 때 똥이가 좀 멀리 가자 울부짖으며 따라붙어 턱을 딱 붙이는 모습을 보고 깔깔 웃었던 기억이 난다. 전생이 있다면 둘은 부부였지 않았을까 하는 생각할 정도로 사는 내내 붙어 다녔다.

편견을 가진 사람들이 있다. 개의 종족별 아이큐 순위를 매겨 놓고 그에 따라 판단한다. 통계는 통계일 뿐이다.

사람이나 개나 타고난 것에 더해 가정환경과 교육 과정이 지능발달에 영향을 미친다. 사랑으로 품고 가르치면 그것에 맞게 반응하고 성장한다.

개는 특히 그렇다.

똥이는 교육 시작부터 똑똑하게 반응했다. 쟤 사람인 거 아니냐고 농담할 정도였다. 혼자 사색하길 좋아하고 웬만한 사물은 구별하고 말귀도 대부분 알아들었다. 개 훈련사가 방송에 나와서 천재견 테스트를 하는 걸 보고 따라 했더니 다 통과할 정도였다. 스무 개 넘는 공의 종류를 구별해서 가져올 정도였으니까…

시추가 멍청하다고 이야기하는 건 사람을 몽골족이니 슬라브족이니 위구르족으로 나눠 놓고 어느 종족이 더 똑똑한지 따지는 것과 별반 다르지 않다. 똑똑한 개는 똑똑하고 멍청한 개는 멍청할 뿐이다.

똑똑한 똥이 밑에서 배운 꼬뇽이도 다를 바 없었다. 엄밀히 말하자면 똥이를 다 따라 하진 못했다. 대신 똥이한테 없던 게 있었다. 철철 넘치는 애교! 무뚝뚝하고 시크한 똥이에 비해 꼬뇽이는 매미처럼 붙어 다녔다.

잠시도 안겨있지 않던 똥이와 달리 꼬뇽이는 내가 잠들 때까지 안겨 있다가 제자리로 돌아갔다. 둘을 함께 키우는 동안 행복했고 즐거웠고 사랑받았다.

개를 진심으로 키우는 사람은 알 것이다. 사랑을 주는 게
아니라 받고 있다는 것을…

똥이가 처음 마비 증세를 보인 뒤 우는 아내를 달래 가
까운 동물 병원으로 향했다. 이것저것 검사를 받은 결과는
심장병이었다. 장기간 약을 먹어야 한다고 했다. 수의사
친구한테 연락했다. 심장병이라는 말만으로도 가슴이 덜
컥 내려앉았다. 처방을 받고 하루 두 번 약을 먹였다. 약을
타러 갈 때마다 친구가 말했다.

"이렇게 제때 오는 사람 드물어. 가루약을 제때 잘 먹이
는 거 참 대단하다."

하루도 안 빠지고 숟가락에 잘 개어 똥이에게 약을 먹인
기간이 2년이 넘었다. 그 역할은 아내 몫이었다. 똥이 역
시 대견하게 투병 생활을 잘 버텨줬다.

15살 우리 똥이!

기침을 심하게 하다가도 다가가 쓰다듬어 주면 기침을
멈췄다. 주로 새벽에 기침이 심해서 밤마다 잠을 제대로

못 잤지만 똥이가 살아있음에 감사했다. 잠결에 똥이를 쓰
다듬는 날의 연속이었다.

똥이가 내리 3일을 아무것도 먹지 않고 창밖만 쳐다봤
다. 돌아가시기 직전의 아버지가 생각났다. 아버지도 그러
셨다. 걱정돼 병원으로 갔다. 친구가 말했다.
"준비하는 게 좋겠다."
어떻게 운전해서 왔는지 모르겠다. 링거를 꽂은 똥이를
집으로 데려왔다. 깜박 잠이 들었다가 우는소리에 깼다.
아내가 똥이를 안고 오열하고 있었다. 그렇게 똥이는 떠
났다. 화장을 했다.

똥이가 아프기 시작할 때부터 꼬농이 걱정을 했다.

'똥이 없으면 꼬농이 어떻게 하지? 얼마나 찾을까?'
어쩔 땐 똥이가 떠날 슬픔보다 꼬농이가 혼자 남을 슬
픔이 더 컸다. 똥이가 떠나고 얼마 되지 않아 작은 사고가
났다. 말 그대로 작은 사고였는데… 별거 아닌 줄 알았는

데… 동네 병원과 수의사 친구도 별거 아닌 거로 이야기를 했다. 약을 처방받아서 며칠씩 먹였다. 오진이었다. 한 달쯤 지나고 갑자기 상태가 급격히 나빠져서 24시간 운영하는 큰 동물 병원으로 갔다.

그곳에서 시키는 대로 검사란 검사는 다 했다. 조금의 차도도 없이 이별 인사도 못 하고 병원에 갇혀 있다가 이틀 만에 무지개다리를 건넜다. '좋아질 거다'라더니… 욕이 절로 나왔다. 다 죽어가는 애한테 MRI며 각종 검사만 들입다 하더니 고작 한다는 게 화장터 추천에 종이 박스에 담아 폐품 처리하듯 주던 인간. 그런 사람이 수의사라고…

똥이가 떠날 때는 꼬농이 걱정, 꼬농이가 떠나니 아내 걱정부터 됐다. 슬퍼할 틈이 없었다. 아내는 꼬박 1년을 매일 울었다. 내 손을 잡고 따라다니기 시작했고 집에 잠시도 혼자 남아 있지 못했다.

잠든 걸 확인하고 새벽 강의를 나갔다 돌아오는 길에 정신 나간 사람처럼 아파트 입구에서 울면서 달려오는 아내를 발견하고 상태가 심각하다는 걸 인식했다.

"말도 없이 어디 갔었어?"

정말 힘든 시기였다. 아버지 떠나고 할머니 떠나고 똥이 떠날 때도 그 정도로 힘들지는 않았다. 정신적으로 육체적으로 지쳐가기 시작했고 싸우는 날이 생겼다.

"이제 그만 좀 울어."

알겠다고 해 놓고 하루를 못 갔다.

"내 맘대로 안 되는 걸 어떻게 하라고."

더 이상 버티기 힘들 정도로 피폐해졌다. 나도 울고 싶었지만 울지 못했다.

꼬농이는 매미라고 부를 만큼 내 곁에 딱 붙어 있던 아이였다. 얼마나 상실감이 컸겠나… 그럼에도 불구하고 크게 한 번 울지 못했다.

"개를 다시 키우셔야 해요."

"우리 부모님도 그러셨다가 강아지 온 뒤로 나아졌어요."

여기저기서 경험담을 들려주고 재촉하기도 했다. 그중 특히 강력하게 밀어붙이던 지인의 도움으로 결심을 굳혔다.

"더는 무리예요. 거울로 얼굴 좀 보세요."

미농이를 처음 집에 데려가던 날 울면서 싫다던 아내 품에 무작정 안겼다. 하루 이틀 그리고 사흘이 지난 뒤 아내가 웃는 모습을 1년 만에 봤다.

꼬물대는 미농이를 바라보고 웃는 아내를 보며 안심했다. 아! 진작 말 들을걸… 경험은 이해의 폭을 넓힌다.

이제 와 생각해보니 똥이가 떠난 후 버틸 수 있던 건 꼬농이가 남아서 위로를 해 준 덕분이었다.

미농이가 온 지 3년이 되어 간다.

우리 미농이! 똥꼬농이 보내준 천사라는 생각을 한다. 생김새가 전혀 달라서(시추는 코가 짧고 비숑은 코가 길고 눈이 작다) 처음에 낯설었지만 하는 짓은 어쩜 그리 둘을 고루 닮았는지… 이제는 서커스에 나가야 할 정도로 재주 많고 애교도 넘치는 데다 까칠한 매력까지 있다. 유튜브에서 반려동물을 자랑하는 사람들을 볼 때마다 콧방귀를 뀐다.

'흥. 미농이 등장하면 다 끝나.'

팔불출이 달리 팔불출인가. 누군들 안 그럴까…

사람들이 개를 말머리에 붙일 때는 대부분 나쁜 경우를 말한다. 개 같다. 개판이다. 개소리한다. 그건 전적으로 개와 살아보지 않은 사람들이 붙여 놓은 거다.

개는 도무지 거짓이 없다. 밥 먹을 때는 밥만 먹고 놀 때는 놀기만 한다. 사람처럼 밥 먹을 때 일 걱정, 놀면서 밥 걱정을 안 하는 것이다.

한 번 정을 주면 죽을 때까지 변심하지 않는다. 그 대상이 가난하든 못났든 추레하든 상관하지 않는다. 인간들이 몰입을 주제로 행복에 관해 연구하지만 이미 개는 몰입하는 삶을 살고 있다. 결국, 개처럼 사는 것이 행복의 비결이다. 개 같다는 표현은 오히려 좋은 표현이어야 한다.

이 글을 아내가 보지 않기를 바란다. 아직도 아내 앞에서 똥이와 꼬눙이 이야기를 꺼내지 못한다.

"얼마나 행복한 순간이 많았니. 그 순간만 떠올리자. 피한다고 능사는 아니야."

"싫어. 이야기하지 마." 그녀는 이렇게 답하며 울기 시작한다.

오늘도 개와 살고 있다. 개를 잃은 상실감은 개가 치료한다. 개는 도무지 거짓이 없다.

똥 먹는 개
노리

노리를 처음 만난 건 10년 전이다. 친구에게 전화가 왔다.

"좀 만나자. 부탁할 게 있어."

만나자마자 친구는 집에서 키우던 개가 똥을 먹어서 어떻게 해야 할지 모르겠다는 이야기부터 꺼냈다.

"둘째가 아직 어리잖아. 와이프가 예민해졌어. 개가 자꾸 똥을 먹고 다니니까 애들한테 안 좋을 것 같아."

"똥을 안 먹게 하면 되잖아. 어떻게 키우다 버리냐."

"별의별 방법을 다 써봤어. 수의사가 시키는 대로 해보고, 약도 먹이고, 그래도 안 돼. 난 괜찮은데 애들 엄마가 난리야. 개도 불쌍해."

"입에 똥이 묻으니까 샤워기로 빠악빡 씻기는데 그게 좀 심해."

친구 집에 갔을 때 몇 번 봤던 개였다. 시추! 이름은 노리. 친구 집에 갔을 때 소파 밑이나 구석에서 잘 나오지 않았는데 알고 보니 이유가 있던 거였다. 날 잘 따라서 갈 때마다 예뻐했던 걸 기억하고 친구가 꺼낸 말은 "네가 좀 키워줘라."였다.

"난 키우고 있잖아. 둘은 무리야." 마음은 동했지만 한 생명을 키운다는 건 끝까지 함께한다는 의미이기에 충동적인 감정으로 결정할 문제가 아니었다. 한 달쯤 지나 다시 연락이 왔다.

"안 되겠어. 안 그러면 다른 곳으로 보내야 할 거 같아."

노리는 친구 집에 오기 전에 이미 다른 곳에서 파양된 아이였다. 젊은 여자가 키웠다는 데 그 집에서 성대 수술을 시키고 버리다시피 파양 당한 개를 친구가 동물 병원에서 데려온 거였다. 그 불쌍한 아이를 다시 파양한다는 소식에 마음이 아파 며칠을 끙끙댔다. 방법이 떠올랐다.

장인을 만났다.

"아버지. 개 키우실래요?"

장인은 오래 키우던 시추를 잃은 뒤 다시는 개를 안 키운다고 선포한 상태였다.

"개? 안 키워. 이제 안 키울 거야."

그 마음을 잘 안다. 나 역시 몇 번의 이별을 겪으며 갈기갈기 찢긴 마음을 봉합하는 데 오랜 시간이 걸렸으니까… 똑같은 일로 상처받기 싫어 고개를 절레절레 흔드는 것이다. 사람이 준 상처는 사람이 치료하고 개를 잃은 아픔은 개가 치유한다는 사실을 아는 사람이 많지 않다.

"아버지. 불쌍한 개라 그래요. 더구나 시추에요."

자초지종을 설명했으나 묵묵부답이다. 혼자 마음을 먹고 결단을 내렸다. 일단 데려와 장인께 안기기로… 그러다 정 안되면 내가 키우는거로…

친구와 만나 노리를 데려왔다. 노리는 미견이다. 얼굴에 반했다가 똥을 먹는다는 이유로 버려지는 악순환이 계속된 거다.

처가집으로 데려가자 "안 키울 거야."라던 장인과 장모가 노리를 끌어안으며 환하게 미소를 지었다. 그러면서도 "안 키울 거니까 이따 데려가."라고 했다. 하루만 데리고 있어 보시라는 부탁을 하고 며칠이 지났다. 잘 지내는 줄 알고 있던 순간 장모의 전화가 왔다.

"어머머머. 애가 똥을 먹네. 어머 애 안 되겠다. 빨리 데려다줘라."

할 수 없이 데려와 우리 집으로 피신했다. 며칠 뒤 나 역시 똥 먹는 현장을 보고야 말았다. 기겁했다. '어째야 쓸까.' 난데없이 사투리가 튀어나왔다. 서울놈이 사투리라니. 나까지 포기할 수 없다. 예뻐하고 달래며 예의 주시했다. 다행히 매번 똥을 먹는 건 아니었다. 좀 진정이 된 것 같아서 다시 장인과 접촉했다.

"이제 안 먹을 거예요. 더 이상 갈 곳도 없어요. 책임지세요." 등 떠밀다시피 해서 노리를 다시 처가집으로 밀어 넣었다. 그게 10년 전이다.

그 뒤로도 두어 번 더 똥을 먹을 때마다 우리 집으로 잠시 피신했으나 어느 순간부터 똥을 먹지 않게 됐다. 비결은 별거 아니다. 꾸준한 관심과 사랑이다. 관심과 사랑의 표현은 매일 함께 산책하는 것이다.

장인은 하루 두 번 노리와 10년째 산책을 한다. 그러니 똥을 먹을 일이 없다. 항상 밖에서 싸다 보니 집에서는 똥 구경도 못 하는 것이다. 사람이나 개나 관심과 사랑이 최고다. 노리만 치료받은 게 아니라 장인도 치유됐다. 개를 잃은 슬픔을 개로 치유한거다. 노리는 그 뒤로도 서너 번 우리 집 신세를 졌다.

한 번은 노리 꼬리에 염증이 생겨 꼬리 끝을 자르는 수술을 했는데 장인과 장모가 서로 탓을 하며 부부 싸움을 하는 바람에 우리 집으로 피신시킨 뒤 한 달쯤 상처가 완전히 아물어 돌려보냈다.

노리의 꼬리가 안테나처럼 솟아 있는 이유가 바로 그거다. 또 한 번은 자궁축농증이 생겨 자궁 적출을 하는 큰 수술을 했다. 동물 병원에 입원했다가 퇴원을 하고 회복될 때까지 우리 집에 있었다. 장인은 매일 병원과 우리 집에 출근하며 노리와 이산가족 상봉을 하듯 얼굴을 비비고 눈물로 인사를 했다.

노리에게 아무 일이 없자 이번에는 장인에게 탈이 났다. 장인은 몇 년 전, 간 수술을 하고 회복되었으며 최근에는 담낭 제거 수술을 했다. 그 기간 동안 노리는 잠시 우리 집에 머물렀다. 매일 하는 산책은 내 차지가 되어 출근 전 새벽과 퇴근 후 밤마다 노리와 산책했다. 장인에게 노리 영상을 찍어 보내는 게 일이 되었으며 문병을 하러 갈 때면 "노리 꼭 데려와라. 병원 앞에서 만나자."라고 하셨다.

퇴원하자마자 장인이 한 일은 노리와의 여행이었다. 장인은 용감하게 하던 일을 접고 캠핑카를 사서 노리와 전국을 여행했다.

"아버지. 노리랑 사진 많이 찍으세요. 가족들 보여주시고 책도 내요."

라고 몇 번이나 말씀드렸지만 돌아오는 건 사진이 아니라

"노리가 글쎄 그 동네에서 제일 큰 개를 안 무서워하더라."

"노리를 꼬박 하루 잃어버렸다. 누가 들고 갔다가 하루만에 다시 갖다 놨어. 거기서 울고불고했을 거야. 못 산다고. 그래서 돌려준 거지."

노리가… 노리가… 온통 노리 자랑이었다. 그중 가장 많이 한 자랑이

"노리 잘 봐라. 나만 따라다니지. 불러봐."라는 말씀이었는데 이상하게 내게는 그게 통하지 않았다.

"노리야~."

부르면 장인을 따라가지 않고 후다닥 내게 달려와 꼬리

를 쳐서 난감하게 만들었다.

자식. 데려온 사람은 알아보는군.

●

최근 들어 노리가 노쇠한 모습을 보인다. 시력도 떨어지고 움직임도 전과 다르다.

"노리 몇 살이냐. 아직 10살이지?"

뻔히 10살이 넘은 걸 알면서 매번 노리의 나이를 낮추며 10살이라는 장인을 볼 때면 마음이 아프다.

"처음 데려올 때 몇 살인지 모르는 거잖아. 내 말이 맞아. 노리 아직 10살이야."

노리의 나이를 대략 가늠한 순간부터 가슴이 저리다.

●

몇 년 전 두 녀석을 연달아 잃었다. 15살 시추와 7살 시추. 병을 앓던 15살 시추와 달리 7살 시추는 사고로 떠났는데 그 시추가 바로 노리의 새끼다. 노리가 낳은 강아지

중 한 아이를 우리 집에 데려다 키웠는데 하늘도 무심하게 제 어미보다 먼저 떠났다. 365일 매일 울 수 있다는 사실을 아내를 통해 알았다.

또다시 겪어야 할 아픈 이별. 산다는 건 그런 건가 보다. 만나고 헤어지고, 헤어지고 만나고… 헤어짐은 꼭 사람과 사람 사이에만 벌어지는 일이 아니다. 헤어짐의 그 날까지 순간을 소중히 보내련다.

노리야! 오래도록 건강 하렴…

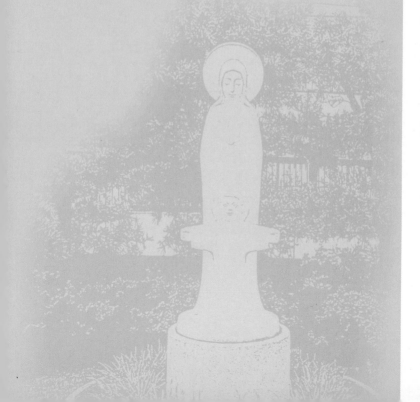

7장

진정한 고수
수녀님과 우산 비닐

진정한
고수

오후 3시쯤 버스를 탔다. 강남 가는 버스다. 버스에 타자마자 심상치 않은 공기를 감지했다.

'내공이 상당한 고수가 타고 있구나.'

고수는 고수를 알아본다. 오전 내내 일이 많아서 심신이 미약해진 상태였다. 빈 좌석에 지친 몸을 풀었다. 무거운 가방을 끌어안고 창문을 열었다. 흥미롭게 읽고 있던 책을 가방에서 꺼내어 독서를 할 찰나였다. 어디선가 데시벨 높은 중성적인 목소리가 고막을 자극했다.

뒷좌석에서 한 여성이 통화하고 있었다. 처음엔 그러려

니 했다. 허스키한 중성의 목소리가 점점 커졌다. 스티로폼 긁는 소리처럼 들을수록 기분 나빠지는 소리였다. 데시벨이 갈수록 높아진다. 사람들이 힐끗 돌아본다. 한번 내지르고 싶었지만 돌아보지 않았다. 좀 더 참아야 한다. 고수끼리는 고도의 심리전을 펼친다. 먼저 칼을 뽑을 경우 잘못하면 심각한 내상을 입을 수 있다. 눈을 감고 크게 심호흡을 한다. 30년 경력을 자랑하는 명상의 세계로 진입을 시도했다. 이런! 실패다.

버스에 타자마자 느꼈던 심상치 않은 기운의 주인공이 바로 고막을 자극하는 그녀였던 건가?

10분간 기를 모았다. 한 방에 보내야 한다. 그 사이 하수들은 다 나가떨어졌다. 뒤돌아보던 하수, 한마디 하던 하수, 투덜대던 하수 모두 내상을 입고 말았다. 조금만 더, 좀만 더 기를 모으자. 아직은 돌아볼 때가 아니다. 더 떠들어라. 그래 그래 옳지. 스티로폼 긁는 듯한 목소리가 한층 커진 시점! 하나, 둘, 셋. 기를 최대한 모아 한때 사람들을 벌벌 떨게 했던 야수의 눈빛을 발사하며 고개를 돌렸다. 눈만 마주쳐라. 내 눈빛에 오줌을 지리며 한 마디 호통에 똥을 쌀 것이다.

딱 상상한 그대로의 모습이었다. 중성적 외모를 가진 20
대의 압도적인 체격의 여성. 오오! 고수의 향기가 뿜어져
나온다. 쉽게 눈을 마주치지 않는다. 유유자적 45인승 버
스를 자신만의 공간으로 만들며 창밖의 바람마저 빨아들
인다. 그 바람에 고수의 머리카락이 휘날린다. 대단하다.
목소리는 여전히 크고 강력하며 날카롭다. 휴… 첫 단계는
실패인가? 회음부에 힘을 주고 관원혈에 기를 모으며 다음
단계를 준비하는데…

어라! 잘못 본 건가?

살며시 고개를 돌려 본다. 고막을 자극하는 여성의 바로
앞자리에 진정한 고수가 타고 있었다. 버스에 타자마자 느
꼈던 심상치 않은 기운의 주인공은 바로 그녀였다. 50 대
초반의 여성! 목을 뒤로 제치고 두 다리를 여유롭게 펼친
상태로 입을 벌리고 하늘의 기운을 받아들이며 곤히 자고
있었다. 버스 승객 모두가 짜증 냈던 데시벨 높은 통화 목
소리를 자장가로 듣고 있던 것이다.

아… 진정한 고수란!

의기소침해졌다. 50대의 그녀는 *아잔 차며 틱낫한이었
다. 그 어떤 것도 그녀를 화나게 할 순 없다. 무념무상의
세계에서 그깟 시끄러운 목소리 따윈 새소리와 같은 거였
다. 세상은 넓고 고수는 많구나. 다시 책을 펼쳤다. 책의
제목이 눈에 들어왔다. 그녀 덕분에 내리는 순간까지 독서
에 집중할 수 있었다.

그래. 좀 더 내공을 쌓아야지. 화는 밖에서 오는 게 아니
라 안에서 내뿜는 거다. 투덜대고 불평하지 말자. 자신만
의 세계로 몰입하자.

버스는 매일 달린다. 그 안에 고수가 있고 배움이 있다.

*아잔 차, 틱낫한=살아있는 부처라 불리는 수행승

수녀님과
우산 비닐

일회용품에 대한 규제가 심해지고 있다. 최근 들어 일회
용 컵을 제한하고 플라스틱 빨대를 종이로 바꾸는 등 지구
환경에 대해 염려하지만 이미 늦은 건 아닌지 심히 걱정된
다. 글을 쓰는 현재 미국 미네소타주는 영하 48도, 호주는
영상 40도가 넘으며 두 나라의 온도 차가 100도 가까이 나
고 있다. 편리를 추구하는 사람들의 이기심이 지구의 수명
을 단축시키고 있다.

법정 스님의 무소유까지는 아니더라도 조금 덜 갖고 조
금 덜먹으면 될 일을 철만 바뀌면 옷을 새로 사고 전화 한
통화로 온종일 먹거리를 주문하다 보니 생기지 않아도 될

쓰레기가 세상에 넘친다. 옷장과 위장만 채우는데 급급하니 정작 돌봐야 할 영혼과 마음이 황폐해지고 지구는 몸살을 심하게 앓는 것이다.

오랜 가뭄이 들거나 미세먼지가 심한 날이면 애타게 비를 기다린다. 가뭄 끝에 비가 내리는 날이면 농부의 수고와 메마른 대지를 생각한다. 가슴이 탁 트이고 상쾌하지만, 이동이 많은 날이면 적잖이 불편함을 감수해야 한다.

지금은 전보다 덜하지만, 비 오는 날이면 대부분의 빌딩이나 큰 가게 앞에 우산 비닐통을 비치해놨다. 젖은 우산에서 떨어지는 빗물로 바닥이 미끄러워지고 더러워지는 걸 방지하는 예방조치라 할 수 있다. 아무래도 빗물이 뚝뚝 떨어지는 채로 돌아다니는 것보다 덜 위험하고 또한 위생적이니까⋯ 그럼에도 불구하고 편리함을 위해 버려지는 우산 비닐을 볼 때마다 마뜩잖고 미안한 맘에 한 번 사용한 우산 비닐을 계속 주머니에 꼬깃꼬깃 접어 넣고 다니며 다시 사용했다. 써본 사람은 알지만, 대중교통을 이용할 때 아주 편리하다. 비닐을 씌우면 우산을 안고 있을 수도 있으니 나처럼 비올 때마다 깜박하고 우산을 잘 잃어버리는 사람에게는 썩 유용하다.

한편으로는 주머니에서 꼬깃꼬깃한 비닐을 펼칠 때는 약간 궁상을 떠는 것 같아 슬쩍 눈치를 보기도 했다. 궁상이라는 단어에 알레르기가 있다. 전에 가까운 동생이
"형은 거지 근성이 있어요."라는 말에 주변 사람들이 다 황당해하자
"미안해요. 단어가 안 떠올랐어요. 거지 근성이 아니라 궁상이에요."라고 말한 적이 있다.
동생들 밥은 잘 사면서 자신의 티셔츠 하나 시원하게 못 산다고 핀잔을 준 건데 원래 그 동생이 생각 없이 말하는 데 달인이라 그러려니 했지만, 그 후로도 궁상이라는 말에 민감한 사람이 되었다. 쓰던 비닐을 펼치면 궁상이 아닐까? 이런 의구심은 서점 앞에서 수녀님을 만난 뒤 단번에 달아났다.

비 오는 날이었다. 강의를 마치고 한 서점을 찾았을 때다.

서점에 들어가기 전에 주머니에 있는 비닐을 찾고 있을 때 수녀님 두 분이 우산을 접으며 서점 입구로 들어섰다. 너무나 자연스럽고 당당하게 우산 비닐통이 아닌 옆의 쓰레기통에서 버려진 비닐을 찾아 우산에 씌우는 모습을 봤다.

두 분 다 그리하셨다. 뭐랄까? 기분이 묘했다. 수줍게 주머니의 비닐을 펼치면서 부끄러웠다. 태도 하나만 봐도 그 사람의 내면의 깊이를 가늠할 수 있다. 그 뒤 한참을 그 자리에서 지켜봤지만, 수녀님들 이외에 그리하는 사람은 한 사람도 없었다.

두 수녀님을 보며 느낀 감정이 이러하다.

기가 죽고 부끄럽다. 신을 말로만 따르는 성직자에 탄복하는 게 아니라 그들의 실천적 행동에 감동하는 것이다. 언행일치하지 않는 위선자들 틈에 사소한 태도 하나가 얼마나 빛을 발하는가?

말만 번지르르하지 않고 단지 행한다. 짧은 만남이었지만 비 오는 날이면 두 분의 당당한 모습이 떠오르며 구부린 어깨를 활짝 편다. 그날 사용한 우산 비닐을 꼬깃 접어 가방에 넣어 다니며 한동안 사용했다.

'궁상' 수녀님들 파이팅!

8장

내 매니저

정 팀장

삼인행필유아사

이상교님

내 매니저

TV 방송 중에 연예인과 매니저가 함께 나와 인기를 얻고 있는 프로그램이 있다.

평소 TV를 거의 보지 않지만, TV 모니터 비밀 요원과 함께 살고 있는 관계로 직간접적으로 최신 방송 소식을 접하고 있다.

이 비밀 요원은 틈나는 대로 드라마, 다큐멘터리, 오락, 홈쇼핑 등 모든 채널을 모니터하며 실시간으로 평가를 한다. TV 채널의 수가 100개가 넘어간다는 게 놀랍고 몇 번 채널에 어떤 프로그램을 하는지 정확히 안다는 건 더 놀랍다. 아무튼 덕분에 최신 트렌드를 어설프레 파악할 수 있으니 작가로선 고마운 일이다.

매니저와 연예인이 나오는 프로그램을 보며 '배우자, 자식, 부모, 조카에 이어 이제는 매니저까지 나오다니'라는 생각이 들었다. 무명의 누군가에게는 방송 출연이 꿈일 텐데 라는 쓸데없는 오지랖을 떠는 한편 내게도 매니저가 있다는 사실을 상기했다.

그의 이야기를 시작한다.

매니저라니… 내 주제에 무슨 매니저인가? 유명인도 아니며 명사도 아닌 데다 그리 바쁘지도 않은데 말이다. 그를 만난 건 20년 전으로 거슬러 올라간다. 체육관을 운영하던 중에 어떻게든 탈출할 기회를 엿보던 시절이었다.

운동 관련 일만 아니면 뭐든지 다 좋아 보이던 시절이었다. 야망을 품고 뭔가를 도모하기 위해 가까운 세 사람이 의기투합했다. 그중 막내였던 내 명함에는 '기획 이사'라는 고리타분한 수식어가 붙어 있었다. 그때 거래하던 회사의 이사로 재직하던 사람이 바로 내 매니저다.

영세했던 우리 회사와 달리 그 회사는 녹음실을 포함한 제대로 된 사무실이 있었고 대표이사는 대기업 CEO 출신의 아버지를 둔 사람이었다. 물론 아버지가 잘나갔다고 아들까지 잘나가라는 법은 없다. 그저 점잖고 순박해서 딱 선비 같은 사람이었다.

그 선비 밑에서 거의 모든 일을 도맡아 하던 사람이 있었는데 처음에는 그리 눈길이 가지 않았다. 전형적인 회사원 인상을 하고 시시콜콜한 아재 개그를 선보였는데 갈수록 그 아재스러움에 정이 갔다. 두 회사 간의 일은 몇 번 성사되었으나 큰 결과를 도출하지 못한 채 각각 하향 곡선을 원만히 그리는 중이었다.

우리 회사의 세 사람은 각자의 전문 분야로 다시 돌아가기로 했다. 이미 예견된 결과였다. 전력투구해도 될까 말까 하는 마당에 서로 다른 궁리만 하고 있었으니… 사람은 자신의 그릇을 잘 알아야 한다.

그릇마다 간장을 담을지 국을 담을지 밥을 담을지 정해진 역할이 있듯이 사람도 회사를 운영할 그릇인지 직원으로 살 그릇인지 프리랜서를 할 그릇인지 파악해야 한다. 적어도 회사를 운영한다는 것은 자신 이외에도 딸린 식구가 있다는 걸 항상 염두에 두어야 한다. 간장 종지로는 도저히 안 되는 것이다. 간장 종지 셋이 모였다고 밥솥이 되는 건 아니다. 그저 잘난 간장 종지 셋일 뿐이다.

매니저가 이사로 있던 회사는 그 뒤로 한참을 고군분투하였으나 대표가 물러난 뒤 매니저가 새 대표가 되고 다시 인원을 감축하는 과정을 겪으며 몇 년을 버티다 결국 문을 닫게 됐다. 뉴스에 날만 한 부도덕한 회사의 대표가 아닌 이상 회사가 문을 닫았다는 건 그 회사의 경영진에게 빚만 남았다는 것과 같은 말이다.

당시 서로의 고충을 털어놓으며 부쩍 가까워졌는데 그는 가끔 내가 운영하던 체육관에 방문해서 제자들을 만나보고 운동 이야기에도 귀를 기울였다. 그 이후 그가 만나는 사람마다 운동 예찬을 하고 별것도 없는 내 자랑을 하는 걸 보며 "아예 매니저 하세요."라고 농담이 오고 간 게 시초가 됐다.

매니저! 그는 식당 앞에 줄 서는 거 이해 못 하고 남 욕 못 하고 자존심 강하고 실리 없이 남일 돕기 좋아하고 아이디어가 떠오를 때마다 메모해서 알려주는 사람이다. 그런 매니저가 자주 하는 말은 내가 부럽다는 말이다.

"제일 부럽습니다."
"뭐가요?"
"모든 게 다요. 좋은 일 하고 고맙다는 소리 듣고 따르는 사람 많고."

부자형들은 안 부러워도 내가 부럽다는 말을 듣고 언젠가 그 부자형들을 찾아 검색해본 적이 있었다. 아마 "자기들이 있으면 얼마나 있다고."라는 말을 들은 후일 것이다.

성과 이름이 흔하지 않아 찾는 건 어렵지 않았다. 뉴스 기사가 몇 개 올라와 있었다. 얼마나 있기는! 매출이 억대가 아니라 조 단위였다. 큰형은 오랜 기간 자동차 관련 사업을 하며 관련 협회의 회장까지 한 사람이고 작은형은 홍콩에 거주하며 애플과 거래하는 상장 기업의 대표였다. 그날 이후 자존심 버리고 형들한테 가서 일 배우라고 등을 떠밀며 "그러니까 큰돈을 못 버는 거예요."라고 타박을 하기 시작했다.

울 아빠가 돌아가시고 나서 그를 만났다. 한참 내 이야기를 듣더니 눈이 벌게져 운다. 자신은 그렇게 못하고 산다며⋯ 그의 아버지가 돌아가시고 다시 만났다. 한참 내 이야기를 듣더니 또 눈물이 그렁그렁. 자신은 그렇게 못하고 살았다며⋯

개 두 마리를 연이어 떠나보냈을 때 제일 먼저 집 앞으로 찾아온 그와 이야기를 나누다 그가 울었다.

"왜 울어요?"

그는 개를 키우지 않는다. 내 마음을 다 아는 건 아니지만 충분히 전달된다며 운다. 그런 그에게 위로받았다. 사람이 꼭 경험해야 아는 건 아니다.

결혼도 하지 않은 성직자가 무슨 수로 부모의 마음을 알 것인가⋯ 그럼에도 부모들은 그에게 위로를 바란다. 경험은 이해의 폭을 넓히지만 경험했다고 다 아는 건 아니며 경험하지 못했다고 꼭 모르는 것도 아니다. 경험 없이도 선한 마음과 공감 능력으로 얼마든지 타인을 이해하고 배려할 수 있다.

개가 떠났을 때 다가와 진심으로 위로했던 이들을 지금도 잊지 못한다. 사람이 떠났을 때와 개가 떠났을 때의 상실감은 크게 다르지 않았지만, 주변의 위로 빈도와 강도는 달랐다. 개를 키우지 않는 그가 선량한 마음으로 다가와 눈물 흘리며 위로했을 때 진심으로 위로받았다.

지난 주말, 지방에서 올라오는 길에 집 앞으로 찾아온 그와 만나 점심을 먹고 커피 한 잔을 나눴다. 그를 좋아하는 이유가 여럿 있지만 그중 하나가 아들에게 좋은 아빠라는 사실이다. 사춘기 아들이 아빠를 따른다는 건 그만큼 좋은 아빠라는 이야기다. 지시하는 아빠는 많지만 대화하는 아빠는 많지 않다.

혼자 떠들며 대화한다고 착각하는 사람이 많은데 대화라는 건 타인의 이야기를 들어주는 거다. 우리 둘이 만나 술한 잔 안 한 상태로 몇 시간을 떠들 수 있는 것도 그 덕분이다. 말 많은 사람은 여럿 봤지만, 상대방이 이야기를 시작하면 끝날 때까지 경청하는 사람은 드물다. 입이 근질거려 못 참는 것인데 그는 말하기 좋아하는 만큼 착한 귀를 가졌다. 내 이야기를 그렇게 끄덕이며 들어주는 사람이 있을까 싶다.

　세 살 많은 그는 20년 가까운 세월 동안 단 한 번도 말을 놓은 적이 없다. 흔히 반말 반, 존대 반하는 말투조차 그는 하지 않는다. 처음부터 끝까지 점잖게 존대한다. 그 덕분에 우정이 깨지지 않으며 이처럼 오래갈 수 있었나 보다. 죽고 못 살 것처럼 만난 날부터 형 아우 호칭을 하다가 언제 그랬냐는 듯이 안 보고 사는 인스턴트 시대에 살면서 실속 없는 아재와 이처럼 오랜 인연이 될 줄 몰랐다.

　아직 그에게 형이라 해본 적 없고 그도 나를 동생이라 해본 적 없다. 길게 우정을 쌓으며 각자의 삶을 응원할 것을 알기에 지금의 관계가 좋다. 그럼에도 불구하고 지면을 통해 한 번 불러볼까?

◦

　형! 요즘 보기 좋소. 열심히 일하는 모습 보기 좋고 주머니에서 5만 원짜리 꺼내는 것도 멋지오. 우리가 만날 때마다 꿈을 이야기하지 않소. 그 꿈이 이뤄지든 아니든 그대가 있어 덜 외롭소. 아직까지 든든하진 않소. 든든할 때까지 분발하기 바라오. 나 역시 그대가 부럽소. 긍정적인 성격이 빛을 발할 때가 올 거요. 형이 자주 하던 말을 전하오. 화이팅입니다!

줄곧 책을 내는 게 좋겠다고 권유하더니 첫 책을 낼 때는 자기 일처럼 뛰어다니고 멀리 강연갈 때는 운전대를 잡아 주기도 하고 몇 년 전부터 지방에 근무하면서 서울에 올라올 때는 꼭 연락해서 만나러 오는 그를 보며 진짜 매니저라는 생각을 한다.

그래. 나에겐 매니저가 있다. 20년간 곁에 있는 한결같은 매니저.

스타가 달리 스타냐. 누군가 바라봐 주면 그게 스타지.

정 팀장

정 팀장과 함께 일한 기간은 5년쯤 된다. 내 인생에서 만난 언행일치의 대가를 굳이 꼽자면 의사인 이 선생과 더불어 정 팀장이 '투탑'이다. 언급되지 않은 사람이 더 있겠지만 지금 딱 떠오르는 사람이 그렇다.

언제부터인가 원고를 쓸 때 신경 쓰는 게 있는데 나쁜 말은 물론 좋은 말을 할 때도 사람을 언급할 때는 조심해야 한다는 거다. 소설이라면 모를까 수필이라 실명뿐만 아니라 이니셜을 거론할 때도 이것저것 많이 따지게 된다.

다른 사람과의 관계라든지 여러 소소한 것들까지… 그러다 보니 정작 글 마당의 폭이 좁아진다. 안 그래도 제한

된 필력에서 폭까지 좁아지니 시원하게 노래를 한 소절도 부르지 못하고 웅얼대고 마는 음치 같은 느낌이 들어 이번 책부터 조금은 용감해지기로 했다.

언행일치란 무엇인가? 말과 행동이 같다는 말이다. 그게 어디 쉬운 일인가… 말만 내뱉는 사람이 대부분인 세상에서 유난히 빛을 발하는 언행일치의 대가들. 그들한테 배운 게 많지만 그중 가장 기억나는 건 약속에 대한 거다.

"언제 밥 한번 먹어요."

"언제요? 이번엔 정확히 말씀해주세요. 무슨 요일 몇 시인지요. 늘 그러시잖아요."

그 뒤로 밥 한번 먹자는 말이 쉽게 나오지 않았으며 밥 한번 먹자는 말을 하는 사람이 실없어 보였다. 최근 들어 약발이 떨어진 건지 다시 그러고 있는 것 같아 이 글을 쓰며 다짐한다.

실없는 사람 되지 말아야지.

말은 한 번 내뱉으면 끝이다. 다시 주워 담을 수 없고 중간에 막을 방도도 없다. 고로 몇 번이라도 생각하고 말해야 한다. 한참 어울리다 관계가 멀어진 사람이 있는데 그의 말은 목젖에서 바로 나온다.

보통은 심장에서 잠시 머물다 뇌를 거치고 목젖을 경유해서 입 밖으로 나오지 않나? 그가 무심코 던진 말로 가까운 개구리 여럿이 맞아 죽었다.

알고 보면 좋은 사람이라 안타까워 돕고 싶지만 나 역시 거의 죽었다 깨어난 개구리에 불과해 심폐 소생 중이다. 자세한 내용을 밝히는 건 수필에선 힘들고 나중에 소설이라도 쓰게 되면 인용할 예정이다.

굳이 비슷한 예를 들자면 미용실에 다녀온 날 "머리 어디에서 했어. 아주 거지 같아. 거기 다신 가지 마."라는 식이다. 이건 아주 미비한 예시다. 솔직한 직언이랍시고 총 맞아 쓰러진 사람을 기관총으로 확인 사살하는 사람이 있는데 그런 직언은 누구에게도 도움이 안 된다.

머리카락을 다시 붙일 수 있는 것도 아니고 바보가 아닌 다음에야 거지 같은 것도 알고 있다. 상대를 진정 위한다면 시간이 좀 흐른 뒤 "그때 머리 별로였으니 다른 미용실에 가봐요."라고 해야 하는 거다.

정 팀장은 백화점 문화센터의 팀장이다. 가끔 헷갈리는 게 팀장, 실장, 매니저의 구분이다. 회사 다니던 시절에 내 명함에도 실장이라고 쓰여 있었지만, 그것이 꼭 무엇을 의미하는지는 알 수 없었다. 문화센터에서 강의를 시작한 이후 백화점 문화센터마다 팀장, 실장, 매니저라는 이름으로 달리 불리던 책임자들이 있었다.

그중 정 팀장은 은평구에 있는 한 문화센터의 책임자였다. 강서구의 다른 지점에서 강의하다가 소개를 받았는데 첫 강의를 마치고 나왔을 때 그녀가 이렇게 말했다.

"선생님. 이 강의는 제가 꼭 성공시킬게요. 자신 있어요."

"하하하. 고맙습니다."

처음 듣는 말이 아니었다. 여러 곳에서 비슷한 말을 들었고 그 말이 말로 끝나는 공허함으로 이어지곤 했다. 내가 유명인도 아니고 프로그램 제목도 낯선 데다 무엇보다 다른 강좌보다 수강료가 비쌌다.

정 팀장의 말은 실제로 이어졌다. 처음에 온 사람들이 남아 있고(이건 내 역할이다) 신규 회원들이 하나둘씩 늘었다.(이

건 문화센터 역할이다)

체육관을 운영할 때와 문화센터에서 강의할 때의 가장
큰 차이점은 내 힘으로는 딱 절반만 가능하다는 점이다.
체육관은 홍보와 지도 모두 운영자의 몫이지만 문화센터
는 개인적으로 달리 홍보할 방법이 없다. 머리를 맞대고
안내서에 뭐라고 넣을 건지, 다른 대안은 없는지, 상담하
러 오는 사람들에게 어떻게 추천할 건지 등 모든 것을 문
화센터와 협의해야 한다.

"선생님. 메일 보냈어요. 검토해주세요."

다음 학기의 안내서에 들어갈 문구와 배치까지 상의하는
문화센터 팀장은 처음이었다.

"이번 학기에는 신규 회원이 별로 없지만 조금만 기다려
보세요."

무슨 수를 쓴 건지 학기 중에도 새로운 회원이 계속 들어
왔다.

"정원은 몇 명으로 할까요?"라는 말이 나올 정도로 갈수
록 회원이 늘어서 서 있기 힘든 날도 있었다.

점점 문화센터를 향하는 발걸음이 경쾌해졌다.

몇 년이 흐른 뒤에도 그녀는 늘 한결같은 모습이었다. 방글방글. 네네. 이것 좀 봐주세요. 그렇게 할게요. 나한테만 그런 게 아니었다. 회원들에게, 직원들에게, 다른 선생들에게 언제나 방글방글. 운동을 배우던 옆 교실의 미술 선생도 고개를 끄덕이며 인정. 지인들에게 이런 말을 한 적이 있다.

"회사 차리면 데리고 올 사람이 있어. 정 팀장이라고."

어느 날 그녀가 해외여행을 간다며 호주는 어떠냐고 했다. 처음으로 따로 만나자 했다.

"밖에서요?"

"차 한잔합시다."

둘 다 매일 늦게 끝나기에 밤 10시에 그녀의 집과 가까운 행당동에 있는 한 카페에서 만났다. 두런두런 문화센터 이야기와 사는 이야기를 나눴다. 사람 상대하는 게 어디 쉬운 일인가? 짐작한 대로 어려운 일이 많아 보였지만 방긋 웃으며 긍정적으로 이야기를 했다.

"다 잘 될 거예요."

돈 많이 들여서 그럴듯하게 차려놓은 문화센터에 무뚝뚝한 직원이 앉아 있는 경우가 있다. 문화센터뿐만이 아니다. 운영자가 크게 착각하는 거다. 시설 백날 좋아도 상냥한 직원 한 사람만 못하다. 모든 건 사람이 한다.

준비해 간 호주 달러를 꺼냈다.

"예전에 쓰고 남은 건데 여행할 때 써요. 결혼은 안 했지만, 친정 오빠가 주는 거라 생각해요."

말은 그렇게 했지만, 그날 허겁지겁 은행에 들러 호주 달러로 바꾼 거다.

"아니에요. 절대 안 돼요. 이건 아니에요."

"어허. 나도 이런 거 처음이오. 뇌물 줄 사람도 아니고 뇌물 받을 위치도 아니지 않소. 액수도 얼마 안 되고."

그녀가 호주 여행을 다녀왔을 때 그 액수 이상의 선물을 받았고 얼마 지나지 않아 결혼 소식이 들렸다. 그 후 얼마간의 시간이 흐르고 임신 소식이 들리더니 잠시 출산 휴직을 한다고 했다.

"축하해요. 돌아오는 건 맞죠. 꼭 돌아와야 하오."

"확실치는 않지만 그럴 거예요. 대부분 그랬어요."

아쉽게도 그날이 정 팀장과 함께 일한 마지막 날이 됐다. 2개월쯤 지나서 전화가 왔다.

"선생님. 저 못 가게 됐어요. 엉엉. 다른 지점으로 발령 받았어요. 이런 경우가 없었는데."

무려 8년이나 정들었던 곳을 그만두고 다른 지점으로 간다는 소식이었다. 유선상으로 울먹이는 그녀의 목소리가 애잔했다.

"내가 뭐 도울 일은 없소? 울지 마요." 도울 수 있는 일이 뭐가 있겠나… 그만두고 같이 이동할 수도 없고 달리 생각나는 게 없었음에도 그리 말했다. 긴 한숨이 나왔다.

문화센터를 대부분 그만둔 건 표면적으로 멀어서였다. 멀었어도 정 팀장 같은 사람이 있었다면 지금도 여전히 강의하고 있을 거다. 문을 열고 들어갈 때 환대해주는 사람이 있는 것과 없는 건 하늘과 땅 차이다. 내 편이 있구나! 내 가족이 있구나! 이런 맘을 들게 해준 정 팀장. 그녀가 수업에 참여한 적이 몇 번 있었다. 그 이후 "제 선생님이시 잖아요."라는 표현을 할 때마다 마음이 얼마나 훈훈해졌는지 그녀는 모를 것이다.

새해 들어 문자를 주고받았다.

"선생님이다.^^ 안 그래도 일 년 만에 갔었어요. 출석부
에 '잘 지내세요?'라고 한 마디 남기려다 그냥 나왔어요.
혹시 다른 사람이 볼까 봐요."

언행일치. 자그마한 체구로 거인 같은 포용력을 갖춘 그
녀가 건강하고 행복하기를…

삼인행필유아사

임 과장을 만난 건 행운이다.

오랜 기간 강연을 다니면서 좋은 사람들을 많이 만났다. 이름을 일일이 다 거론하기 힘들지만 친절하고 다정한 사람들이 곳곳에 있었다. 정은 씨, 혜영 씨, 부찬 씨, 정숙 씨, 혜림 씨, 최 부장 등 사람 냄새 풀풀 풍기는 교육 담당자들 덕분에 명사들 틈에서 기죽지 않고 버틸 수 있었다.

그에 반면 누가 봐도 싸가지없는 직원도 있었고 로봇으로 착각할 만큼 기계적인 담당자도 있었다. 싸가지없는 한 직원은 다른 곳에서 쌓인 스트레스를 아버지뻘 되는 교육 컨설팅 회사 대표에게 분풀이하며 풀곤 했는데 그 모습을 보고도 어쩌지 못하는 내 모습이 비참하고 화가 났다. 교육 컨설팅 회사 대표는 여기저기 굽실대며 힘들게 성사시킨 대기업과의 계약을 유지하기 위해 안간힘을 썼다.

"저한테는 편하게 대하세요. 선배님이시잖아요."

한참 나이가 많은 그에게 몇 번이나 편하게 대해달라고 요청을 했지만, 몸에 밴 습성이 그러한 지 1년 가까운 기간 동안 한 번도 굽은 허리를 펴지 못했다. 반면 싸가지없는 직원은 머리끝에서 발끝까지 거만한 표정과 무뚝뚝한 말투를 장착하고 누가 봐도 싸가지없음을 유지했다.

"만점. 강의 평가 만점 나온 건 부임한 후 처음 같군요." 라며 남의 이야기하듯 던진 말이 유일한 칭찬이었다. 옆에 있던 다른 직원은 이리 말했다.

"어머머. 역시 선생님. 최고 좋은 평가가 나왔어요. 수고하셨어요."

말의 내용은 같지만, 말투는 다른 것이다.

여기서 말이란 것에 대해 생각하게 된다. 기왕 말을 하려면 진실된 말을 꼭 필요한 순간에 친절하게 하는 것이 좋다. 기대보다 낮은 성적표를 받아 기분이 나빠진 딸에게

"어쩜 좋냐. 시험 망쳤네. 그 학원 다니지 마."라는 말은 진실일지 모르지만, 꼭 필요한 순간도 아니며 더구나 친절하지 않은 말이다. 이미 나온 성적을 어쩌란 말인가?

오랜만에 바지를 사서 기장을 줄여 입은 친구에게 '야. 바지 겁나 이상해. 다리 짧아 보여."라고 하는 말 역시 마찬가지다. 다리 짧고 바지 겁나 이상한 건 팩트일지 모르지만, 굳이 할 말은 아니다. 수선까지 마친 바지를 환불할 수도 없는 거 아닌가? 그런 식의 말을 즐기는 사람들이 공통적으로 하는 말은 "그럼 거짓말해?"라는 것이다.

아무리 진실이라도 받아들이는 사람이 불편하거나 상처가 되는 말은 안 하는 게 더 낫다. 말 안 해줘도 바보 아닌 다음에야 이미 다 알고 있는 사실이니까… 진실, 타이밍, 친절. 이 세 가지를 기억하고 말하는 게 좋다.

임 과장은 친절하고 다정한 사람 중에서도 유독 마음에 남는 사람이다.

교육 회사 담당자든 초대된 강연가든 그 모두에게 '을질'을 했다. 자신이 '을'이다. 천성이 그러한 것이다. 그 천성을 발견한 건 첫날이었다. 강연에 앞서 누가 해맑게 다가오더니 허리를 굽혀 인사를 했다. 강연 전에 서로 인사를 주고받는 건 흔한 일이라 그러려니 넘어갔는데 두 시간 내내 열심히 자리를 지키더니 강연이 끝나고 나서도 다시 강단으로 찾아와 꾸벅 인사를 했다.

"수고 많으셨습니다. 강연이 너무 좋습니다. 고맙습니다."

여기까지 하는 사람은 그래도 여럿 있었다. 임 과장은 한 술 더 떠 그다음 단계로 넘어갔다.

강연 중에 언급했던 운동에 대한 질문을 구체적으로 하길래 답을 해주자마자 맨바닥에 엎드렸다 일어나면서 "이렇게 하는 게 맞나요?"라며 적극적인 자세를 취하는 게 아닌가?

"선생님을 다시 모시고 싶습니다."

얼마 지나지 않아 몇 번이나 초대를 받았고 대표이사와 임원이 참여하는 명사 특강에 다시 초대를 받았다. 명사 특강 전에 만난 대표이사가 "우리 직원들이 선생님 이야기를 워낙 많이 하길래 특별히 모시게 됐습니다."라는 말과 함께 내가 쓴 책을 몇 권 앞에 내놓더니 사인을 받아 갔다. 그 모든 건 임 과장이 꾸민 일이었다.

강연을 마치고 꽃다발과 함께 "대만족하셨습니다. 고맙습니다."라는 그를 보며 세심한 배려에 감동받았다. 그 이후로도 개인적으로 따로 만나서 소소한 이야기를 나누는 사이가 됐다.

임 과장은 "좋아하실 것 같아서요."라며 여행을 다녀와 작은 선물을 전해주기도 하고 일요일 오전에 만나 커피 한 잔을 나눈 뒤 "잠시만요 댁에 가서 드세요."라며 조각 케이크를 주문해서 포장해주기도 했다. 명절이면 먼저 인사를 해오거나 갑자기 생각나서 전화한다며 통화를 하기도 한다. 둘이 만나면 근황, 경제 소식, 운동 이야기 등 화제가 끊기지 않고 수다를 떤다. 집이 가깝고 정치적 성향이 비슷하고 아버지를 잃은 공통분모까지 합쳐져 뭔가 모를 끈끈한 관계가 된 것이다.

하루는 치맥 중에 취기가 올라 전화를 했다.

"퇴근했소? 여기 치킨이 맛있네요. 생맥주랑 같이 배달

시킬 테니 맛나게 먹어요. 주소 불러줘요."

　자주 마시진 않지만 술 한잔하면 보통 아버지 생각이 났는데 그날은 이상하게 임 과장 생각이 났다. 얼마 지나지 않아 문자가 왔다. 도착한 치킨 사진과 함께 다음에는 자기가 살 차례라는 걸 강조했다. 그는 대화 중에 나눈 이야기를 허투루 듣지 않고 꼭 그에 관한 정보를 보내 주거나 기억했다가 다음에 만날 때 알려준다. 우연히 말이 나온 화장품을 기억했다가 사진을 보내주기도 했다.

　"말씀드렸던 거예요. 이거 써 보세요. 화장품은 비싼 게 필요 없는 것 같아요."

　그에게 무엇보다 놀란 건 유모차를 중고 제품을 빌려 쓴다는 사실이다. 임 과장의 어린 딸과 함께 만난 적이 있었는데 끌고 나온 유모차가 새것이 아니었고 유행하는 고가의 제품은 더욱 아니었다.

　임 과장뿐 아니라 그의 아내도 허세랑은 거리가 멀었다. 임 과장은 친절하고 다정하고 겸손한 데다 검소까지 한 것이다. 어찌 안 좋아할 수가 있을까?

　만나고 헤어질 때까지 임 과장은 한결같다.

　"다음부터는 말씀 좀 편하게 해주세요. 덕분에 즐거웠습니다."라는 말과 함께 자리를 뜨지 않고 지켜보고 있다가 행여 돌아보면 다시 꾸벅 인사를 한다. 한 번은 언제까지 그러는지 백미러로 바라보니 시야에서 사라질 때까지 그 자리에 서 있었다. 그 모습을 배워 나도 이제 누군가를 만 날 때 그리한다.

'삼인행필유아사'라는 논어의 한 구절이 있다. 세 사람이 길을 가면 반드시 내 스승이 있다는 뜻인데 좋은 것은 본 받고 나쁜 것은 경계하라는 말이다. 싸가지처럼 싸가지 없 이 살지 않으며 임 과장처럼 겸손하게 사람을 대하리. 누 군들 스승이 아닐까!

글을 쓰고 있는데 신기하게 임 과장에게 문자가 왔다.
'선생님. 맛있는 맥줏집 찾았어요!'

이상교님

단 한 권의 책을 읽고 작가에게 마음을 쏙 뺏겼다. 제목은 〈길고양이들은 배고프지 말 것〉이다. 제목에 혹해서 책을 뒤적이다 치매라는 꼭지가 마음에 쏙 들어 바로 대여를 했다.

이다음에 치매나 안 걸렸으면 좋겠다.
걸려도 좀 귀엽게 걸렸으면 좋겠다.

이 글을 읽으며 울컥했다. 누군들 안 그럴까? 치매 걸린 85세 아버지를 홀로 10년간 모시던 49세 아들이 아버지와 함께 먼 길을 떠났다는 뉴스가 있었다. 유서에 남긴 '아버지 내가 데려간다'라는 먹먹한 말이 너무 아프다. 얼마나 힘들었을까? 얼마나 외로웠을까? 이 우주에 홀로 떨어진 느낌.

동네 도서관에서 우연히 이 책을 발견한 건 행운이다. 좋은 글과 그림이 한가득하다. 올해의 책으로 선정해도 괜찮다. 공감의 영역이 비슷한 사람이라면 후회하지 않을 것이다. 억지로 예쁘장한 글을 옮기고 베끼고 짜깁기해서 만든 베스트셀러보다 백배 낫다. 이 책은 경험하지 않으면 알 수 없는 세월의 흔적이 녹아있다. 진부한 표현이지만 딱 적당하다.

좋은 걸 혼자 즐기는 사람과 좋은 걸 널리 알리는 사람이 있다면 난 후자에 속한다. 좋은 걸 발견하면 좀이 쑤셔서 동네방네 알리고 돌아다닌다. 어릴 때부터 그랬고 지금은 개인 블로그에 퍼 나르고 있다. 책, 영화, 병원, 식당 등. 내게 좋은 기준의 첫 번째는 무엇보다 사람 냄새 가득해야 한다. 사람 냄새나는 글, 사람 냄새나는 영화, 사람 냄새나는 음식. 그래서인지 블록버스터 영화보다 다큐멘터리에 가까운 영화가 좋고 미슐랭 스타 식당보다 단골 식당이 더 좋다.

이 책을 읽으며 문장 하나, 단어 하나, 행간 하나, 그림 하나에도 사람 냄새를 맡았다. 순한 단어와 고운 문장으로 이뤄진 아름다운 동화와 같은 수필이었다. 머리에서 왱왱, 맘속에서 빙빙 맴도는 생각들을 짧은 문장에 서정적으로 담았다. 글을 읽으면 읽을수록 생각이 순해지고 가슴은 스멀스멀 따뜻해지고 몸은 살금살금 부드러워졌다. 누구야? 이 작가. 궁금해졌다.

지은이를 찾아봤다. 이상교. 시인이자 동화 작가.
문학상을 여러 차례 받았고 저서가 200권이 넘으며 동시집 〈예쁘다고 말해줘〉은 독일, 스위스, 미국, 일본 등에서 영구 보존되고 있다고 했다. 역시 난 식견이 짧다. 이런 작가를 이제야 알았다니… '빨리 다음 작품을 읽어 봐야지.' 갑자기 팬심이 발동해 이상교님을 만나고 싶어졌다. 이런 일 흔하지 않다. 〈두부〉를 읽다가 별안간 박완서님이 사시

던 아치울마을을 다녀왔고 〈무소유〉를 읽은 뒤 무작정 길
상사를 찾았고 〈하늘과 바람과 별과 시〉를 암송하다 윤동
주 문학관까지 한 시간을 걸어간 이후 네 번째일 것이다.

저자에 대해 검색하다 딱히 만날 방법이 떠오르지 않아
망설이다 출판사인 한빛비즈에 전화했다. 책을 보고 흠뻑
반해 전화한다. 내 블로그에도 소개했다. 이상한 사람 아
니다. 나도 책 세 권 낸 작가다. 구차하게 이런저런 설명을
했다. 다 듣더니 잠시 기다리란다. 담당자를 바꿔준다며…
진작 말하지. 담당자가 받았다. 다시 되풀이했다. 그리
고 이렇게 말했다. 이런 책이 베스트셀러가 아니면 어떤
게 베스트셀러란 말입니까? 분발해주십시오. 마지막으로
이상교님의 근황과 "사인회는 안 하시나요.?"라며 만날 방
법을 물었다.

"고맙습니다. 알아주시는 분이 계셔서 다행입니다." 잠
시 머뭇대더니 "사실은 작가님께서 연세도 있으신 데다 수
술 이후 몸이 많이 안 좋아지셔서 이번 책도 어렵게 마감
을 하셨어요. 저희도 안타까운 마음입니다."라는 기대에
어긋나는 소식을 전해왔다.

아······

들떴던 마음만큼 충격이 컸다. 갑자기 말문이 막혔다. 큰
병은 아닐 거야.
그래. 금방 나으실 거야.
가장 강렬했던 한 줄! 〈길고양이는 배고프지 말 것〉 중
'새싹'에 나오는 대목을 이상교님께 고스란히 전해 드린다.

"어떤 상처든 마침내는 낫는다."

위의 글을 쓴 후 우연히 이상교님이 서울 도서관에서 작
가와 함께 하는 북 콘서트를 열었다는 소식을 들었다. 날
짜가 이미 지나 참석할 수 없었다. 출판사는 몰랐을까? 몰
랐을지도 모르지. 관계를 맺은 작가가 한두 사람도 아닐
테고··· 그럼에도 불구하고 서운한 건 왜일까? 다행인 건
이상교님이 활동할 정도로 회복되셨다는 거다.

9장

고마운 S선생

혜림씨 3대

종헌아

고마운
S선생

　고마운 사람이야 오죽 많은가. 스러질 듯 부서질 듯 넘어질 듯 위태로운 순간마다 고마운 은인이 있었다. 그들이 베푼 고마움의 크기를 자로 재거나 저울로 달 수는 없다. 그들의 소담한 밥 한 끼로 하루를 버틸 수 있었고 격려의 한 마디로 삶을 지탱할 수 있었으니… 그중에서도 유독 시간이 지날수록 강렬하게 그 시절을 회상하게 만드는 사람이 있다. S선생이 바로 그런 사람이다.

　S선생을 처음 만난 건 뉴스에 난 사건이 발단되었다. 강남 대형 헬스클럽 부도라는 타이틀로 연일 이슈가 되던 시

절이었다. 압구정, 청담, 강남 일대의 대형 헬스클럽이 연쇄적으로 부도가 난 적이 있었다. 최근까지 그런 일들이 비일비재하지만, 당시는 방송국에서 앞다퉈 다룰 정도로 피해 규모가 컸다.

그때 무슨 의협심이 발동했는지 온라인상에서 고관장이라는 필명으로 활동하며 피해자를 모아 카페를 개설했고 방송국 메인 뉴스에 등장해 인터뷰까지 했다.

그 후 내가 올린 글에 많은 사람이 동조했고 그들 일부와 실제 만나 상담을 하고 소규모 그룹을 만들어 자발적으로 운동을 지도하기까지 했다. 몇십 명이 함께 모여 한강을 뛰고 남산을 걷고 장소를 무료로 제공한 헬스클럽에서 땀을 흘렸다.

친구들이 "네 체육관 팽개치고 매일 뭐 하는 거야. 미친 거 아냐?"라고 할 정도로 아무런 대가 없이 사명감 하나로 그들을 지도하며 땀을 흘렸다. 건강을 찾고자 헬스클럽을 찾았는데 돈까지 날리다니… 체육관을 운영하는 사람이 다 그런 건 아니라는 걸 알려주고 싶었다.

심지어 피해 지역 근처 헬스클럽 관계자들과 만나 파격적인 할인 조건으로 운동을 이어서 할 수 있도록 만들었고 당시 친해진 최 변호사와 함께 피해자 구제를 위한 재판까지 끌어냈다. 비록 재판의 결과가 흡족하진 않았지만, 힘껏 최선을 다한 것에 만족했다.

◍

"고관장님 되시죠. 혼자 애쓰시는 데 차라도 한 잔 대접하고 싶네요. 글도 참 잘 쓰시네요." 연락을 준 이는 H교수였다. 그렇게 인연이 된 H교수 덕분에 모임이 활성화되고 재판 이후에도 꾸준히 모여 운동을 할 수 있었다.

"관장님께 계속 운동 배우고 싶어 하는 사람들이 있어요."

H교수의 노력으로 장소가 마련되어 월, 수, 금 새벽 6시마다 10여 명을 꼬박 2년간 지도했다. 온라인 카페부터 시작해서 소수가 모여 운동을 할 때까지 활달하던 H교수와 달리 조용하게 참석했던 이가 바로 S선생이다. 나중에 알게 된 사실인데 S선생은 모임이 생긴 후 단 한 번도 빠진 적이 없다고 했다. 어느 날 S선생과 밥을 한 끼 나누며 직업이 의사라는 것을 처음 알게 됐다.

언행일치의 대가라고 여기저기 소개할 정도로 S선생은 말과 행동이 일치했다. 언제 밥 먹어요? 따위의 말은 통하지 않는다.

"다음 주 수요일 저녁 7시에 만나요. 장소는 1시간 후에 알려 드릴게요."라고 하면 정확히 1시간 후에 문자가 도착한다. 일과가 자로 잰 듯 정확하고 일과 가정을 돌보는 것 이외에는 별다른 취미가 없으며 환자 보기를 황금같이 하는 게 특기다.

S선생의 병원에 항상 줄을 서서 환자들이 기다리는 이유는 치료를 잘하는 것과 더불어 환자와의 면담 시간이 다른 의사에 비해 압도적으로 길다는 점 때문이다. 20년 넘게 멀리서 찾아오는 환자들이 있고 간호사가 거의 바뀌지 않는다는 사실만으로도 S선생이 어떤 사람임을 짐작할 수 있다. 나도 진료를 받은 적이 있는데 정말 꼼꼼하게 봐줬다.

병원에 가서 느낀 S선생의 단점이 하나 있다면 겁을 잘주는 것이다. 노파심이 나보다 심하다. 주의사항을 수도 없이 말하고 악화될 경우의 상황도 덧붙이는 바람에 병원에 긴장해서 갔다가 쫄아서 나왔다.

S선생에게 고마운 일이 여럿 있다. 새벽 운동을 지도하는 동안 틈틈이 정성스레 도시락을 싸다 주었고 어떤 말을 하고 무슨 일을 해도 내 편이 되어주었다. 사회적 위치나

경제적 수준이 그만하면 목에 힘을 주고 다니거나 사치를 해도 뭐라 할 사람이 없을 텐데 검소하고 겸손하기까지 했다. 언행일치는 물론이고 틀림없는 사람이다. 관계가 소원해진 건 전적으로 나의 잘못인데 S선생만큼 언행일치를 못하는 데다 호주를 비롯한 중국 등지로 떠돌이 생활을 한 탓이다.

눈이 오나 비가 오나 새벽 6시에 나와 땀 흘리던 제자들을 버리고 외유를 하다 보니 본의 아니게 멀어지게 되었다. 난 한 가지 일을 열심히 하며 살만한 그릇이 못되나 보다. 최근 10년 정도 쳇바퀴 생활을 하는 데 거의 한계에 도달한 것 같은 느낌이 든다. 평생 한 가지 일에 몰두하며 살아온 사람들의 눈에는 마뜩잖아 보일 것이다.

고마운 사람들!

호의를 베풀어준 이들.
잘못을 따지는 대신 용서를 택한 이들.
"왜 그렇게 야위었어요. 무슨 일 있어요?"라고 걱정하는 이들.

"밥은?"이라며 챙겨주는 이들.

"잘하셨어요."라며 편이 되어주는 이들.

생사를 확인하는 이들.

일일이 거론하기 힘들 만큼 고마운 사람들 덕에 지금까
지 살아남았다.

혜림씨
3대

소설이나 수필을 제외하고 즐겨 있는 책은 주로 심리학이나 마케팅에 관련된 것들이다. 그중 마케팅에 관련해서는 말콤 글래드웰이나 세스 고딘의 책을 찾아 읽곤 하는데 둘 중 누구의 책인지 불확실하나 아무튼 커넥터를 강조한 글이 기억난다.

커넥터는 다른 말로 키맨이라고도 하는 데 사람과 사람 사이의 연결고리 역할을 하는 사람을 말한다. 요점은 일반 소비자 열 사람보다 한 사람의 커넥터가 중요하다는 것이다. 커넥터는 자신이 경험한 것들을 혼자 느끼는 것이 아니라 주변 사람들에게 알리는 것을 즐긴다. 고로, 구전(입

소문) 효과의 시발점이 되는 중요한 사람이 된다.

체육관을 운영할 당시 다수의 커넥터가 있었다. 주로 단체의 회장을 맡은 사람이거나 계모임 등 사조직의 리더였다. 그들이 체육관 운영에 일조한 것을 부인할 수 없다. 커넥터의 특징 중 하나가 자발적이라는 점이다.

스스로 느끼기에 좋으면 그다음 순서는 일사천리로 진행된다. 자신이 회장으로 있는 모임의 회원 전체를 한꺼번에 등록시킨 사람이 있을 정도로 커넥터의 입김은 막강하다. 세월이 한참 지나서야 그들과 좀 더 원만한 관계를 맺었다면 어땠을까 하는 생각을 한다. 모든 회식이나 노래방 회동 등을 거절한 뒤에 직원들을 통해 "관장님은 너무 인간미가 없어."라는 타박을 전해 들었다.

한 번은 체육관 행사 중에 술 취한 채 나타나 주사를 부린 사람도 있었다.

"뭐 그리 비싸게 굴어요."라면서.

구설에 오르는 걸 예방하기 위한 자구책과 체질적으로 왁자지껄한 모임을 좋아하지 않는 성향이 더해져 그런 것인데 애써 체육관을 홍보하는 사람들의 입장에서 보면 서운할 수 있었겠다는 생각이 뒤늦게 들었다.

●

　혜림씨는 문화센터의 제자다. 롯데와 현대 그리고 NC, 뉴코아 등의 백화점 문화센터에서 강의를 했는데 단연코 혜림씨가 문화센터 역대 최고의 커넥터다. 문화센터는 체육관과 달리 홍보를 개인적으로 할 방법이 거의 없다.

　요리 교실이나 요가같이 알려진 종목은 선생이 누구든 상관없는 편이지만 프로그램 자체가 생소할 경우 유명인이 아니면 회원 모집에 난항을 겪는다.

　특히 초기에는 더 그렇다. 전적으로 문화센터 직원과 회원의 입김에 의존할 수밖에 없다. 그간 문화센터에서 만난 많은 사람 중에 한두 사람을 소개하는 경우는 흔히 있었지만, 혜림씨처럼 주변의 인맥을 총동원한 경우는 드물다.

　특히 3대가 함께 나오는 경우는 처음이다. 현재 혜림씨의 엄마인 경숙씨와 딸인 혜정이까지 3대가 함께 나온다. 혜림씨의 어릴 적 친구인 해순씨가 그 옆에서 뛰고 동료인 혜영씨와 혜영씨의 아들인 재혁이까지 모두 혜림씨의 소개며 태영이(혜림씨의 아들)와 중도에 그만둔 다른 사람들까지 합하면 일일이 이름을 거론할 수 없을 만큼 많다. 며칠 전에도 이런 말을 했다.

"학기 중간에 등록해도 되죠? 한 사람 포섭하고 있어요."

혜림 씨의 친구인 해순 씨는 학창 시절 달리기 꼴찌에서 폼 좋은 체육인이 되었고, 60대 후반의 엄마 경숙씨는 구부정한 몸에서 바른 몸이 되었고, 딸 6학년 혜정이는 키가 벌써 엄마만큼 컸다. 정작 혜림씨 자신이 가끔 땡땡이를 치는데 최근 들어 친구는 물론 엄마와 딸까지 열심히 하는 모습에 자극받아 부쩍 땀을 흘리고 있다.

"혜림씨 이야기를 신간에 쓸까 봐요. 3대가 열심히 땀 흘린다고."라고 하자

"할머니도 모시고 올까요? 4대가 하는 게 더 좋잖아요. 아직 정정하시거든요."라는 말을 진지하게 전해왔다.

*

아내랑 살면서 '둘이 비슷하구나'라고 느낀 것보다 '달라도 너무 다르구나.'라고 깨달은 게 더 많다. 누군가와 더불어 산다는 건 다름을 인정하고 상대방을 존중하는 것이 기

본이 되어야 한다. 이 같은 사실을 알면서도 지금까지 다름을 인정하지 못하고 내 주장을 굽히지 않는 게 있다. 그건 바로 표현이다.

"고마워요."

"좋아."

"미안해요."

"사랑해."

"아주 맛있어."

같은 표현! 아내는 그걸 꼭 말로 해야 아냐고 하고 난 꼭 말로 해야 안다고 한다. 울 아빠 역시 표현에 인색한 사람이었다. 돌아가시기 직전에야 "사랑한다."라는 말씀을 하셨고 다른 사람 앞에서 아들 자랑이 취미라는 말을 아빠의 친구들로부터 전해 들었을 뿐이다. 정작 내가 듣고 싶었던 건 아빠의 친구가 전하는 바가 아니라 아빠가 직접 전하는 따뜻한 한마디였다.

표현하고 안 하고는 옳고 그름의 문제는 아니다. 성격을 바꾸라는 건 더욱 아니다. 다만 자신의 맘도 갈팡질팡하며 잘 모르는 마당에 타인의 마음을 어떻게 알겠냐는 것이다. 얽히고설킨 인간관계에 독심술까지 필요하다면 얼마나 피곤한 일인가. 좋으면 좋다, 맛있으면 맛있다, 고마우면 고맙다 표현하는 것이 어떤가. 누군가 그랬다. 애교 떨고 말 많은 사람 좋아하지 않는다고. 표현이라는 건 애교와 상관없고 말이 많고 적음의 문제가 아니라는 것을 굳이 설명할 필요를 느끼지 못했다. 왜냐하면 그가 누군가의 흉을 볼 때 "그 사람은 고맙다고 할 줄을 몰라."라고 했던 걸 기억했기 때문이다.

말 안 하면 죽을 때까지 모른다. 사과 한마디, 고마움의 표현, 격려 한 스푼 잘 비벼 전달받으면 며칠은 거뜬히 버틸 힘이 되어 세상 살아가는 데 도움이 되지 않을까? 나만 그런 건 아닐 것이다!

표현하기 좋아하는 혜림씨를 보면 즐겁다. 내가 뭐라고 가족을 맡기고 동네방네 떠들고 다니나…
"그만두시면 절대 안 됩니다."

조금이라도 이상한 낌새를 보이면 조용히 다가와 협박을 한다. 그 모습에 오히려 위안을 받는다. 마케팅 관련 책의 공통점은 구전 효과를 언급하는 것이다. 시간이 좀 걸리더라도 구전이 최고의 마케팅인 것이다.

구전의 핵심은 바로 커넥터에 있고 누가 언제 최강 커넥터가 될지는 아무도 모르는 일이다. 1년 넘게 조용히 다니던 제자가 줄줄이 직장 동료들을 소개한 적이 있고 20년 전에 알던 사람을 우연히 다시 만난 덕분에 수많은 기업에 초청되었다는 사실만 봐도 그렇다.

결론이다. 사람을 가리지 말고 당장 앞에 있는 사람에게 최선을 다하다 보면 언젠가는 구전의 빛을 볼 것이다. 이렇게 적고 나니 미워하고 소홀했던 사람들이 무수히 떠오른다. 아무렴. 생각대로 실천했다면 벌써 크게 빛을 봤겠지. 성공 못 하는 데는 다 이유가 있다니까!

현존 최강 커넥터 혜림씨의 할머니를 기다려 본다. 4대를 가르치는 건 기네스 감 아닌가!

종헌아

강의를 마치고 나니 부재중 전화와 함께 문자가 한 통 남겨져 있었다.

"잘 지내고 있는지 궁금해서 전화해본 거야. 만재야."

남들이 보면 오랜 기간 소식을 주고받지 못한 것으로 오해할만한 문자지만 불과 며칠 전에 통화를 한 사이다. 이 글을 쓰고 있는 지금 또 문자가 왔다.
"연휴 잘 보내. 만재야. 보고 싶다. 친구야."
이름 좀 그만 부르라고 수도 없이 말을 했건만 변치 않고 이름을 불러주는 친구 종헌이. 심지어 블로그 댓글에까지 이름을 불러대서 모르는 사람이 없을 정도다.

이 꼭지는 내 이름을 엄마보다 더 많이 부른 친구 종헌이에 대한 이야기다.

종헌이의 이야기는 안 쓰려고 했지만, 통화 중에 "만재야. 내 이야기 빨리 써."라는 말을 듣고 친구 소원을 들어주려 마음을 바꿨다. 종헌이가 자초한 일이므로 전적으로 종헌이 책임이다.

●

중학교 시절부터 종헌이는 내 짝이었다. 까치 머리에 눈이 크고 털이 많은 아이.

14살짜리가 콧수염이 수북하게 나기 시작하더니 다리에도 털이 복슬복슬했다. 정확한 계기는 안 떠오르지만, 처음부터 종헌이와 가깝게 지냈다. 꼭 짝이어서가 아니라 성향이 비슷한 데다 내가 하는 시답지 않은 말에도 배를 잡고 웃어주는 모습이 좋았다.

난 국민학교 시절 내내 1등을 한 덕에 중학생이 되어서도 특별한 노력 없이 상위권을 유지했지만 종헌이는 교과

서가 새까매지도록 공부를 했음에도 항상 10등 정도의 성적이었다. 성적과 별개로 종헌이의 노트 필기 실력은 놀라워서 다른 반 아이들이 와서 구경할 정도였다.

노트 필기를 과목과 주제에 따라 볼펜 색깔별로 나눠 쓰고 요점은 형광펜으로 밑줄을 친 데다 글씨체도 바르고 정확해서 소문이 자자했다. 더구나 적을 만드는 성격이 아니고 무난한 데다 인기도 많아서 싫어하는 친구가 없었다.

수업 시간 내내 장난치거나 까불기만 하다가 종헌이 노트를 빌려 가서 베끼는 친구들은 나한테 욕을 먹곤 했다. 어린애나 어른이나 얌체는 꼭 있기 마련이다.

중학생 시절 내내 둘이 붙어 다니다시피 한 건 종헌의 변치 않는 우정 덕분이었다. 지금까지도 종헌이 가족들은 종헌의 친구는 나밖에 모른다. 고등학교 역시 같은 학교로 진학했는데 공교롭게 또 같은 반이었다. 중학교와 달리 고등학교는 입학과 동시에 교실 분위기가 살얼음판 같았다.

당시는 연합고사라는 고등학교 입시 시험이 있어서 지금의 대학교처럼 고등학교도 재수를 하는 경우가 가끔 있었다. 그럴 경우 중학교 선배가 고등학교에서는 동기가 된다. 같은 중학교 출신이야 그러려니 하지만 타 중학교 출신들이 서열을 따지며 형 노릇을 하려는 경우가 흔히 있었다. 형 노릇을 넘어서서 이른바 빵 셔틀을 시키고 금품까지 갈취했다. 그런 꼴을 못 보는 내가 들고일어났다.

"애들 그만 괴롭혀라."
"뭐라고?"
"그만하라고. 이 자식아."

타 중학교 출신 재수생의 우두머리와 치고받던 순간 나머지 재수생들이 우르르 들고일어났다. 그때 의자를 들고 홀연히 나타나 "다들 가만히 있어."라고 유일하게 내 편을 들어 외친 게 종헌이다. 결국 내가 싸움에 이기고 그 덕분에 재학생들의 안위를 지킬 수 있었다. 그전까지 종헌이는 잘 웃기만 하는 친구인 줄 알았다가 그날 이후 다시 보게 되었다.

한 친구에게 전해 들은 이야기가 있다. 주말에 다 같이 놀러 가기 위해 그 친구가 새 옷을 쫙 빼입고 나갔던 모양이다.

종헌이가 "야. 그 옷 만재가 입으면 멋있겠다."라고 했다는 거다.

"야. 그게 면전에서 할 말이냐? 종헌이는 너밖에 몰라. 짜증 나게."

그뿐만이 아니다. 종헌이 눈에는 싸움 제일 잘하는 사람은 만재. 제일 똑똑한 건 만재. 제일 인기 많았던 것도 만재였다. 어릴 때부터 유별나게 그러고 다니더니 지금까지 "만재야!!"를 외치고 있다. 언젠가는 수의사인 친구가 블로그에 댓글로 "둘이 성적은 비슷했지 뭘 그래."라고 남기자 종헌이가 "아니야. 만재는 공부 잘했어."라고 바로 그 밑에 답글을 남겨놨다.

매일 나를 찾던 종헌이와 연락이 안 되는 경우는 딱 하나였다. 종헌이에게 여자 친구가 생기면 당최 얼굴을 볼 수가 없었다. 아예 연락을 끊고 지냈다. 불변의 법칙이었다. 친구들이 모여 "종헌이는?"하고 물었을 때 아무도 소식을 모르면 다들 알아채고 고개를 끄덕였다.

연애 초반에는 연락이 안 되다가 헤어진 후에야 다시 나타나는 경우가 대부분이었다. 연애 박사 종헌이가 다행히

착하고 성실한 지금의 아내를 만나 잘살고 있다.

종헌이는 지금 미국 LA에 있다. 한국을 떠난 지 10년이
되어 간다. 처음에는 남미에서 제일 살기 좋다는 코스타리
카로 이민을 갔다. 일본 유학을 마치고 큰 회사의 가구 디
자이너로 지낼 당시 종헌의 모습이 위태위태해 보였다.

"만재야. 나 더 이상 못 하겠어. 이렇게 사는 건 아닌 거
같아. 한계가 왔어."

그 후 종헌이 부부가 함께 코스타리카로 여행을 다녀오
더니 이민을 가겠다고 했다. 종헌의 아내가 영어는 물론
스페인어도 능통한 데다 그곳에 친척이 살고 있어서 도움
을 줄 거라며 결심을 알려왔다.

"사람이 사람답게 살아야지. 코스타리카는 정말 최고야.
만재야, 알지? 내 꿈이 따뜻한 나라에서 슬리퍼 신고 바닷
가에서 사는 거잖아."

추위를 많이 타던 종헌의 꿈은 따뜻한 나라에서 사는 거
였다. 코스타리카에서 식당을 하겠다는 포부를 품고 요리
학원에 다니고 식기를 사며 바쁘게 뛰어다니더니 결국 머
나먼 나라로 떠났다. 종헌이가 자랑하고 살기 좋은 나라로
여러 매체에서 손꼽히던 지상 낙원 코스타리카로!

여러 나라를 다니면서 경험한 코리안 디아스포라의 삶과 의사이자 시인인 마종기 작가가 미국에서 고국을 그리워하며 가수 루시드 폴과 주고받은 편지를 엮은 〈아주 사적인, 긴 만남〉을 읽은 경험을 보태 종헌이에게 진심 어린 조언을 했다.

"종헌아. 여행과 생활은 달라. 생활은 어디서든 생활일 뿐이야. 한국에 여행 오는 사람도 한국이 다 좋다고 할 거야. 잘 생각해봐. 나고 자란 곳이 결국 제일 좋아. 이민 간 사람들의 소원이 고국에서 마지막을 보내는 거래."

종헌이가 이민 가기 전 갈등할 당시 이런 말을 한 이유는 친구인 종헌이 걱정보다 종헌이를 끔찍하고 유별나게 아끼던 종헌이의 어머니가 떠올라서였다. 부모를 위해 자신의 인생을 바치라는 건 아니지만 종헌이 어머니는 그만큼 막내아들에 대한 사랑이 남달랐다.

종헌이 누나 역시 종헌이의 5년 일본 유학비를 다 댄 사람이었고… 하지만 결심을 굳힌 종헌이를 더 이상 말릴 수 없었고 그리고 싶지도 않았다.

 종헌이는 코스타리카에서 2년을 머물다 미국으로 다시 이민을 떠났다. 지상 낙원이 살다 보니 무료하고 돈 벌기 힘든 곳으로 변한 거다. 남녀관계든, 이민이든, 장점은 언제든 단점이 될 수 있다.

 현재 종헌이는 미국에서 자영업을 하고 종헌이 아내는 열심히 회사에 다니는 중이다. 점점 자리를 잡아가는지 얼마 전에는 집을 샀다는 소식을 들었다. 아침잠 많은 종헌이가 새벽에 일어나 출근하며 한국에서보다 오히려 부지런히 살고 있다. 그럴 줄 알았다. 이민 생활의 고됨을 이전부터 익히 들어 알고 있고 나 역시 잠시 타지에 머물다 온 적이 있으니까.

 종헌이가 이민을 간 후 한 번도 한국에 와보지 못한 사정이 여럿 있음을 알면서도 가끔 서운할 때가 있다. 남아 있는 가족들을 생각하면 특히 그렇다. 명절 때 종헌이 어머니를 찾아뵙거나 종헌이 아버지가 입원하셨을 때는 속상하고 야속했다.

 처음 문병 갔던 날 종헌이 아버지의 야윈 모습을 보며 울 아빠가 떠올라 많이 울었다. 종헌이 아버지 돌아가시던 날은 말할 수 없이 슬펐다. 얼마나 종헌이가 보고 싶으셨을까? 종헌이는 또 타지에서 얼마나 울었을까?

"만재야. 이곳이 네가 살 곳이야 빨리 와."라고 종헌이가 지치지도 않고 말하지만, 그 먼 나라를 간다는 게 어디 쉬운 일인가? 이민은 고사하고 여행만 해도 프리랜서 주제라 오고 가며 감당해야 할 일들이 너무 많다.

석 달만 와 있어.
올해 안에 와.
내년에는 꼭 와.
비행기 표만 끊어.
나머지는 다 해줄게.
여기 와서 글 써.

친구를 찾아주는 종헌이가 고맙고 그리우면서도 막상 달려갈 수 없는 처지인지라 그 마음을 모르고 무조건 오라고

만 하는 종헌이가 야속하기도 하다. 아무리 친한 친구라도, 피를 나눈 가족이라도, 다 자기 마음 같지 않은 법이니 어찌하겠나… 문자와 전화 통화로 다 못한 말을 이 기회에 전한다.

"빨리 가서 대신 먹어 줘."라며 명동 돈가스와 회기동 야채 곱창과 신당동 떡볶이 등을 찾아다니게 하고 블로그에 빨리 글 올리라며 재촉하고 한국 방송을 나보다 몇 배는 열심히 보는 친구야. 보고 싶구나. 언제가 될지 모르지만 네가 한국에 오면 그때 만나자. 그게 내가 미국 가는 것보다 빠를 것 같다. 언젠가 나도 그 누군가처럼 해외에 머물며 글을 쓸 때가 올 거야. 그때는 몇 달이고 너희 집에서 신세 질게. 세월이 좀 더 흐른 뒤 가까운 곳에 살면서 예전에 그랬듯 헤헤거리며 추억을 먹고 살면 좋겠다. 타지에서 아프지나 말아. 아프다고 할 때마다 걱정되니까. 건강보다 중요한 건 없잖아. 우리가 처음 만난 지 벌써 30년이 훌쩍 넘었구나. 종헌아! 앞으로도 서로의 이름을 열심히 불러주자. 다시 볼 때까지 안녕.

위의 글을 쓰고 나서 종헌이 누나에게 연락이 왔다.

"만재야. 종헌이가 드디어 10년 만에 온단다. 영주권 받았다네. 연락 없었니? 오면 같이 밥 먹자." 그 후 며칠이 지나도록 종헌이에게 일언반구도 없었다. 다시 열흘 정도 시간이 흐른 뒤 종헌이에게 전화가 왔다.

"만재야~ 나 한국 간다. 사실 말 안 하고 네 집 앞에서 짠하고 놀래주려고 했는데 와이프가 너 바쁠지 모르니 미리 연락하라 하고 생각해보니 집 주소도 모르잖아."

"바보냐? 바빠서 너 못 만나."

"왜? 뭔 소리야."

"뭔 소리긴. 벌써 알고 있었지. 누나한테 연락 왔어."

"누나가? 하여간…."

역시 짐작 대로였다. 놀래주긴 뭘 놀래줘. 바보!

그 뒤로 매일 같이 종헌이에게 연락이 온다. 겨우 일주일 있는다면서 첫날부터 보자는 등 뭘 먹자는 등 필요한 건 없냐는 등. 이 책이 나올 때쯤이면 종헌이가 다녀간 뒤가 되겠지.

10장

단골이란?
사이좋음
너무 재미없어요. 너무!
나무의 사계

단골이란?

"무슨 글 쓰시는지 여쭤봐도 돼요?"

가은이가 질문을 했다.

"아. 네. 원고 다듬고 있어요. 책이 곧 나올 거라서요."

"작가신가 봐요. 나중에 책 나오면 알려주세요. 읽어 볼
게요."

그녀의 명찰에는 '윤가은'이라고 적혀 있다.

가은 씨를 가은이라 처음 불러본다. 처음에는 잘 웃는 직
원으로, 다음에는 친절한 바리스타로, 그 이후에는 좋은

사람으로, 마지막은 가은이로 기억한다.

●

　발걸음 닿는 대로 이리저리 떠돈다. 오늘은 또 뭘 먹을까? 커피는 어디서 마실까? 그날도 끄적댈 마땅한 장소를 찾아 떠돌다 안국역 근처에 있는 한 프랜차이즈 카페에 똬리를 틀었다.

　호텔이라 해야 할지 레지던스라 해야 할지 헷갈리는 건물 1층에 자리 잡은 카페에 무작정 들어간 이유는 창가의 좌석에 비친 햇살 때문이었다. 대문짝만한 큰 창을 통해 강렬한 햇살이 테이블과 의자를 바짝 말리고 있었다. 딱히 추운 날이 아니었음에도 눅진한 마음을 햇살에 말리고 싶었다. 그곳에 가은이가 있었다.

　"안녕하세요. 룽고 한 잔 주세요."

　그 카페는 룽고와 라테로 유명한 폴 바셋이다. 초창기부터 즐겨 마셨다. 최근엔 커피를 줄이고 라테를 끊은 뒤로 자주 안 가지만 한때 서울 전역에 안 가본 곳이 없을 정도로 찾아다니곤 했다.

얕은 지식을 옮기자면 룽고와 아메리카노는 비슷해 보이지만 엄연히 다르다. 쉽게 말해 룽고는 에스프레소를 길게 추출한 거고 아메리카노는 에스프레소에 물을 첨가한 거다. 아무튼 룽고 맛에 길들어 한참 마셨다.

"룽고 나왔습니다. 맛있게 드세요."

싱글벙글 웃으며 룽고를 내주던 가은이의 첫인상이 좋았다. 그 뒤로 가급적 그곳에서 약속을 잡고 글을 썼다. 하루는 라테 작은 사이즈를 시켰는데 큰 사이즈가 나왔다.

웃으며 전달하는 가은이에게 말했다.

"작은 거 시켰는데요."

방긋 웃더니 "알아요. 큰 거 드시라고요."

"아하! 단골 찬스군요."

"네. 맞아요. 헤헤"

수많은 카페를 가봤지만 그런 대우를 받은 건 처음이었다. 그것도 프랜차이즈에서…

그다음엔 아이스크림을 단골 찬스로 받았고 때로는 글을 쓰고 있는 자리까지 와서 시식해 보라며 새로 나온 케이크를 건네주기도 하고 "잠깐 이야기할 시간 되세요. 오늘 커피 맛 어떠셨나요. 추출 방법을 좀 바꿨거든요."라고 말을 걸어오기도 했다.

하루는 주문을 하는 데 옆에 있던 가은이가 계산대에서 주문을 받는 직원에게 귓속말했다.

갑자기 그 직원이 카드를 돌려주며 "오늘은 계산 안 하셔도 돼요."라는 게 아닌가?

"공짜라고요? 단골 찬스가 업그레이드됐군요."라며 멋쩍은 농담을 하면서도 대우받는다는 기분이 들어 그날 온종일 기분이 좋았다.

나중에 누군가 귀띔을 해줬는데 직원에게 제공된 음료를 내게 준 걸 거라고 했다.

⬮

1년 넘게 고생한 끝에 마침내 책이 나왔다. 두 권을 정성껏 사인을 해서 전달했다. 마침 가은이가 없어서 형도에게 줬다.

"가은 씨에게도 전해주세요."

형도 역시 친절하고 매력적인 직원이다. 사인을 '형태 씨 고맙습니다.'라고 써서 전달한 그의 가슴에는 '최형도'라고 쓰여 있었다.

"아고. 미안해요. 어떡하죠." 두 줄을 긋고 다시 형도라고 고쳐 썼다.

'영철'을 '용철'로 쓴 뒤 벌어진 두 번째 실수다. 별거 아닌 거 같지만 당하는 사람 입장에서 서운한 일이다. 만재를 만제라고 할 때마다 "아니. 만제 아니고 만재라니까."라고 일일이 지적하고 다니지 않았나… 늘 붙어 다니던 중학교 동창이 이런 적도 있었다.

"너 만제 아니고 만재였어? 어 이 아니고 아 이?"

"그래. 이 돌아이야."

하긴 재일교포 동생은 맨날 "안녕하세요. 만세 형."이라고 문자를 보낸다.

야! 3.1절도 아니고 무슨 만세냐. 그래. 우리나라 만세다.

＊

얼마 지나지 않아 가은이가 함박웃음을 지으며 다가와 고맙다며 웃었다. 책이 나온 뒤 만날 사람이 많아지고 강연도 늘어서 한참 발길이 뜸해졌다. 두 달쯤 지나 다시 그곳을 방문했더니 전부 처음 보는 직원이었다. 교대 근무를

하는 건 알고 있었지만 그래도 한두 사람은 아는 얼굴이어
야 하는데… 아무래도 이상해서 물어봤다.

"전에 있던 직원들은 안 계시나요?"

"전부 다른 지점으로 갔어요. 로테이션하거든요."

그렇구나. 연락처라도 물어볼걸. 아니다. 괜히 연락처
를 묻는 건 실례 아닌가… 오해를 살 수도 있고… 혼자 뇌
까리며 발길을 돌렸다. 다시 한 달쯤 지난 후 우연히 다른
지점에서 일하는 형도를 만났다. 둘이 펄쩍 뛰며 반가워했
다. 그리 친한 사이도 아니었는데 희한하게 반가웠다. 대
뜸 물었다.

"형도 씨. 가은 씨는요?"

"아. 가은 씨요. 그 지점 나오면서 그만두셨어요."

저런. 안타까운 소식이었다.

"혹시 나중에 연락되면 셋이 밥 한번 먹어요. 이게 제 전
화번호예요."

형도와 전화번호를 주고받았다.

가은이와 형도 이야기를 삼촌에게 한 적이 있다. 삼촌은

폴 바셋의 산증인이다. 1호점부터 다니기 시작해서 폴 바셋이 처음 한국에 왔을 때 초대받아 갔으며 당시 말단 직원들이 대부분 간부가 됐다고 했다.

"넌 좋겠다. 난 분당에 거의 1년 넘게 매일 가는 폴 바셋이 있는데 아마 매니저일 거야. 그 친구는 볼 때마다 단골은커녕 처음 본 사람 취급해. 어처구니가 없어서."

단골의 사전적 정의는 늘 자주 거래하는 곳을 말하지만, 단골의 실제적 정의는 정이 오고 가며 사람 냄새 풍기는 것을 말한다. 손님의 취향을 알고 주인장 앞치마의 꽃무늬를 기억하는 것이다.

문득 단골 식당 하나가 기억난다. 체육관을 운영하던 시절에 체육관 맞은편 건물 1층에 자리한 분식집에서 자주 저녁을 먹었다. 60대 부부가 같이 하던 곳이었는데 아주머니는 늘 "운동하는 분이니 잘 먹어야죠."라며 따끈한 계란 프라이 하나를 특별히 밥 위에 얹어줬다.

아저씨는 뜨거운 밥그릇을 들고 식탁에 옮겨 놓을 때마다 테이블 딱 10cm 위에서 "앗. 뜨거워"라며 놓치는 통에 다들 깜짝 놀라곤 했다. 그때마다 아주머니에게 "장갑 끼라니까"라고 구박을 받곤 했는데 그 장면을 떠올릴 때마다 웃음이 나곤 한다.

한 번은 친구가 놀러 와서 같이 분식집으로 밥을 먹으러 갔다.

"잘 봐. 아저씨가 밥그릇을 놓치면서 앗 뜨거워 할 거야."

여지없이 "앗 뜨거워" 하는 아저씨를 본 친구는 웃다가 눈물까지 흘렸다.

이 글을 오랜만에 찾은 폴 바셋에서 쓰고 있다. 가은이가 본다는 가정 아래 한마디 한다.

"단골 기억나나요? 덕분에 또 한 꼭지 씁니다. 언젠가 롱고 한잔합시다."

사이좋음

햇살 좋은 가을날이었다.

명동에 약속이 있어서 전철에서 내려 지하도에 들어섰다. 계단을 올라가려는 순간 한 줄기 빛이 가슴을 때린다.

아!

두 노인이 손을 꼭 잡고 내려온다. 할아버지의 한 손은 지팡이, 다른 한 손은 할머니의 손을 잡았다. 두 손에 세상의 전부를 쥐었다. 아무것도 부러울 것 없다. 더 가질 것도 없다. 허리가 많이 굽은 할머니가 할아버지의 손을 놓지 않고 아주 천천히 발걸음을 옮긴다. 할아버지가 계셔서 안심이다.

감탄하며 넋을 놓고 보다가 가방에서 카메라를 찾기 시작했다. 놓칠 수 없다. 카메라 어딨지? 이런! 그날따라 짐이 많아서 두고 나왔다. 다시 주머니에서 핸드폰을 찾는다. 빨리빨리. 혼자 보기에 너무 아까운 장면이라 사진으로 남기고 싶었다.

찰칵찰칵
뒷모습을 사진으로 남겼다. 다행이다. 사진 찍고 나서도 한참을 멍하니 지켜봤다. 이 기분이 뭘까? 잔잔하면서 간지럽고 나른하면서 기분 좋고 흐뭇하면서 눈물 나는 기분!

'안 되겠다'
두 분을 졸졸 따른다. 걸음을 재촉한다. 두 분의 얼굴을 자세히 보고 싶다.
아, 어떻게! 가슴이 콩닥콩닥. 여드름 사춘기 소년이 된다. 늘 그랬듯 고민을 한다. 말을 걸까 말까. 결국 말을 걸

기로 한다.

"저… 선생님!"

보청기를 하신 할머니가 먼저 보셨다.

"두 분의 모습에 반해 저쪽 계단에서부터 따라왔습니다.
괜찮으시다면 두 분의 사진을 한 장 찍을 수 있을까요?"
"네. 그러세요"

활짝 웃으시던 할아버지께서 선뜻 그러라고 하시자 할머
니께서 한 마디 덧붙이신다.
"우리 90 이 넘었어요"
갑자기 할머니의 나이 자랑에 웃음이 났다.
"너무 고우시고 멋지세요. 부부신가요?"
"네!"

할아버지께서 너무 당연하다는 듯이 말씀하셨다.
바보! 부부신가요? 무슨 질문이 그래. 지금도 창피하다.

두 분의 고운 모습과 겸손한 태도에 감동이 두 배로 커졌다. 사진을 찍고 이야기를 나누는 순간에도 손을 꼭 잡고 계시는 두 분! 자세히 보니 두 분이 닮았다. 커플 모자까지 쓴 두 분을 생각하면 지금도 기분이 막 좋아진다.

자기 계발서 10권을 읽은 것보다 느낀 게 많은 하루였다.

두 분을 떠올리며 멋진 노인이 되는 법을 정리해본다.

1. 사랑하는 이의 손을 꼭 잡는다.
2. 계단을 이용한다.
3. 미소를 잃지 않는다.
4. 아랫사람을 존중한다.
5. 카메라를 두려워하지 않는다.

가르침을 주신 두 분께 감사의 인사를 드린다.

너무 재미없어요.
너무!

"너무 재미없어요. 너무!"

오래전 한 운동 클럽에서 단체 수업을 지도한 후 벌어진 일이다.

'운동 지도에 있어서 나만큼 다양한 경력을 가진 사람이 있을까?'

뭐 이런 식의 자부심을 갖고 살던 시절이었다. 첫 수업이 끝나고 인사를 나누며 회원들에게 소감을 물었다.

"첫 수업 어땠나요?" 묻지 말았어야 했다.

좋은 평이 오고 가던 중에 한 20대 초반의 여성이 빤히

쳐다보며 다가오더니

"너무 재미없어요. 너무"라는 게 아닌가?

그 소리를 듣자마자 잠시 공황 상태에 빠졌다. 그런 말을
처음 들어봤다. 말로 맞았다. 그것도 아주 세게!

'재미없으면 재밌는 거 찾아가라.'

'웃기는 짬뽕이네. 네가 운동을 알아?'

'당장 그만두세요!'

이런 생각이 든 건 꼬박 하루가 지나서였다.

"어.. 어. 으 네 .. 그러.. 세요?"

말이 입 밖으로 잘 안 나오는 경우를 몇 번 겪었는데 모
두 여성과 대화를 나누다 벌어진 일이다. 기가 센 여성에
게 예상치 못한 말을 들으면 갑자기 말을 더듬고 바보가
된다. 그럴 때면 최소 하루 정도 진정이 된 다음 '아! 이렇
게 말할걸.'이라며 혼자 되뇌곤 한다.

한 번은 동네 단골 선술집에서 주인장과 술값으로 시비가
붙은 여성을 말리다가 그녀가 빼액! 하고 소리를 지르며 난
리 치는 통에 놀라서 나자빠질 뻔한 적이 있다. 오지랖 떨
며 동네 해결사 노릇을 하던 고관장이 말 한마디 못하고 쳐

절하게 패배한 것이다. 옆에 있던 친구들이 배꼽을 잡고 웃었지만 난 웃지 못했고 한동안 놀림의 대상이 되었다.

말 나온 김에 밝히지만 난 속이 좁다. 넓은 척하지만, 밴댕이 소갈딱지다.

'밴댕이 소갈딱지'가 많은 사람이 있는 한 뼘도 안 되는 거리에서 "너무 재미없어요. 너무!"라는 말을 듣다니… 밴댕이가 한없이 더 작아진다. 특히 마지막에 한 번 더 강조하며 "너무"라는 말은 진짜 너무한 거 아닌가… 그 옆에서 듣고 있던 직원이 소곤댄다.

"선생님 신경 쓰지 마세요. 저 사람 원래 그래요."라는 말이 "#%ㄴㅍㄲ씨^$%$#^"로 들렸다.

아무 말도 안 들렸단 거다. 누군가 툭 던진 한마디에 그 높던 자부심이 한순간에 무너져 버리다니… 불현듯 별생각이 다 들었다.

'난 재미없는 놈이야. 운동도 겁나 못 가르치고.'
'이제 뭐 먹고살지.'
'쥐구멍에 숨고 싶다!'

점점 더 상상의 나래를 편다. 상처는 얼마 지나지 않아 아물었고 지금까지 운동을 잘 가르치고 있지만 봐라! 아직도 예전의 기억을 끄집어내서 오래 전 흉터를 더듬으며 글을 쓴다. 이 역시 밴댕이 소갈딱지의 특기다.

상처를 아물게 하는 건 역시 사람이다. 사람에게 받은 상처는 사람이 치료한다.

곁에 남아 있는 사람.

격려의 말을 전하는 사람.

고맙다고 표현하는 사람.

"선생님 감사해요. 운동 너무 재밌어요. 이렇게 꾸준히 뭘 해 본 게 처음이에요."

"근육이 붙고 살이 빠졌어요. 덕분이에요."

"힘내라. 넌 잘하고 있어."

전 세계 인구가 70억이 넘고 우리나라만 해도 5천만이 넘는다. 그중에 나를 인정해 줄 사람이 있을까? 없을까?

똑같이 정성을 다해 운동을 가르쳐도 반응은 제각각이다.

싸다는 사람
비싸다는 사람

재밌다는 사람
재미없다는 사람

고맙다는 사람
효과 없다는 사람

모두에게 인정받으려 하다 보면 결국 한 사람에게 인정을 못 받는다. 바로 자기 자신이다. 모두의 비위를 맞추며 피곤하게 사는 대신 스스로에게 엄지를 척 올려주자.
'난 잘하고 있어.'

예의를 갖추고 성의를 다하면 오히려 더 만만하게 보는 사람이 흔히 있다. 그런 사람에게 인생을 허비하기엔 시간이 너무 짧다.
별것도 아닌 일에 상처받는 사람에게 개그우먼 장도연씨

가 사람들 앞에 설 때마다 대인공포증을 극복하기 위해 혼자 중얼거린다는 주문을 알려준다.

"다 좆밥이다!"

500명 앞에서 강연을 하기 전에 갑자기 그 주문이 떠올라 혼자 웃은 적이 있다. 강연을 마친 뒤 평가는 최고 만족으로 나왔다.

내 책상 앞에 큼직하게 쓰여 있는 말을 전한다. 나태주 님의 '풀꽃 3'이다.

기죽지 말고 살아봐
꽃 피워봐
참 좋아

나무의 사계

꼭 심심해서 그런 건 아니다. 한 그루의 나무를 이토록 꾸준히 오래도록 관찰한 건 처음이다.

꼬박 1년 넘게 경복궁 뜰에 있는 오래된 은행나무와 교감했다. 처음엔 관찰이라 생각했지만, 은행나무 역시 날 관찰했으니 교감이 된다. 적게는 일주일에 두 번, 많게는 일주일에 네 번 은행나무와 만났다.

배경을 설명하자면 경복궁 내 고궁박물관 직원들을 대상으로 강의를 하기 위해서였다. 강의 시간보다 일찍 도착한 날은 경복궁 뜰 은행나무 앞 벤치에 앉아 명상을 하거나 책을 읽었다. 고백하자면 벤치 근처에 눕지 말라는 팻말이 있었지만 누워 있던 적도 있었다. 누워서 낙엽 사이에 비친 하늘을 보는 게 그리 좋았다.

그곳에서 때때로 은행나무를 그리는 화백을 만나고 햇볕 가리개 모자를 쓰고 담소를 나누는 중년의 여성들을 만나고 할머니의 사진을 찍어주는 할아버지를 만나고 한복을 곱게 차려입은 소녀들을 만나고 소풍 나온 유치원생들을 만났다.

"자주 나오시네요."

"다리 수술을 했는데 자식들이 걸어야 한다고 해서 매일 나와요."

지팡이에 의지해 산책 나온 할머니를 만나 10분 정도 대화를 나누기도 했다. 할머니와 대화를 나눈 이후 모든 이들에게 품을 내어주는 은행나무를 유심히 관찰하고 사진을 찍기 시작했다.

전에 몰랐던 은행나무의 일 년!

은행나무는 겨우내 이파리를 떨구고 봄이면 다시 푸르르다. 비우고 내어줌으로써 다시 자라는 것이다.

한겨울에는 새들에게 둥지를 내어주고
봄이면 파릇하게 소풍 나온 아이들을 맞아주고
여름에는 지친 이들에게 그늘을 내어준다.
가을이야말로 은행나무의 계절이다.
형형색색의 모습으로 마실 나온 이들에게 품을 내어준다.
소곤대는 사람들.
재잘대는 새들.
말없이 듣기만 하는 나무.
이 조화가 하나의 풍경이 되어 화백의 도화지에 그림으
로 옮겨진다.

이야기 보따리를 풀지 않고 간직하는 나무를 보며 가벼
운 입으로 상처 주지 말아야겠다고 다짐한 날이었다. 지친
팔다리를 나무 앞 벤치에 털썩 널었다. 나무가 갑자기 내
게 말을 걸어왔다.
"안녕. 별일 없니?"
놀란 마음을 애써 누르고 답을 했다.
"응. 괜찮아."

나무가 다시 말했다.

"나한테는 털어놔도 돼. 많이 지쳐 보여. 힘들면 힘들다 하는 게 좋아."

울컥! "조금 힘들지만 아직은… 괜찮아. 고마워."

듣기만 하는 나무가 말을 하다니… 사물을 깊게 관찰하고 교감하다 보면 텔레파시가 통할 때가 있다. 텔레파시는 초능력이 아니라 교감의 능력이다. 아이의 울음소리에 따라 엄마는 기저귀를 준비할지 우유를 덥힐지 결정하고 떨어져 있는 쌍둥이가 동시에 아플 때도 있다.

교감의 정도에 따라 누군가 텔레파시라 말하는 놀라운 일이 벌어지곤 하는 것이다. 깊은 교감은 다른 말로 사랑이라고 불리며 기적을 만들기도 한다. 바다를 가르는 것만이 기적이 아니라 텔레파시로 사물의 마음을 헤아리는 것 역시 기적이다.